Täglich verschwinden Menschen. Spurlos. Sind sie alle Opfer oder auch Täter? Marisa ist verzweifelt. Ihr Freund Michael meldet sich nicht mehr. Hatte er auch mit dem Verschwinden ihrer wertvollen Goldmünzen zu tun? Dieser Schatz aus der Zeit Carausius Marc Aurel hatte einst einem Freund ihres Großvaters im Jahr 1938 das Leben gerettet. Und jetzt? Die Katastrophe vom 11. September 2001 ist zugleich der Tag, an dem sich die Spur von Michael verliert. War er das zweitausendsiebenhundertfünfzigste Opfer? Nützte er die Situation für sich aus, um wegen seiner Spielschulden unter zu tauchen? Wie kann sie ihn finden, ohne seinen letzten Aufenthaltsort zu kennen? Kann Carlo, der Sicherheitsagent aus New York, Licht in das Dunkel bringen?

© 2020
Herstellung und Verlag: BoD – Books on Demand, Norderstedt
ISBN: 978-3-7526-2748-0

Vermisst am
11. September

Kapitel 1

„Michael, beeile dich, ich muss doch auch noch ins Badezimmer."

Der Angesprochene verließ genervt diesen so begehrten kleinen Raum. Die hellblauen Kacheln und der Spiegel zeigten ein mürrisches Männerbild. Auch die Frische des Rasierwassers konnte die vergangene Nacht nicht verleugnen. Natürlich wusste er, dass es seine Schuld war, weshalb seine Geliebte drängelte. Er war ein Morgenmuffel, der das Bett in so früher Stunde ungern verließ.

„Michael, beeile dich!"

Wie sehr er diese Worte hasste. Er dachte an die vergangene Nacht, er war spät nach Hause gekommen, denn er hatte wieder einmal seine Situation nicht im Griff. Sein Trieb übermannte ihn ständig: das Glücksspiel. Spielen. Das Wort Spielen sagt schon aus, welche Lust er dabei empfindet. Es beginnt meist harmlos, leise wie prickelnder Champagner, der Druck wird stärker, härter, er will heraus, doch er ist gefangen und sucht drängend den befreienden Ausgang fast bis zur Besinnungslosigkeit, um dann, mit einem Knall überschäumend fließend, den Trieb gewähren zu lassen. Wenn die Kugel rollt, oder das Pokerspiel beginnt.

Aber wenn er, dem Höhepunkt nahe, auf die eine bestimmte Zahl setzt, ist er überzeugt vom Gewinn und verliert doch wieder. Zurück bleibt der schale Geruch von kaltem Zigarettenrauch und abgestandenem Bier. Kein Champagnerbad, kein Luxusauto, nur der Vorsatz: diesmal war es das letzte Mal, er wird nicht mehr spielen.

Ein grausiger Kater ist ihm heute am Samstag geblieben. Aber dieser Tag wäre sehr bedeutsam für ihn. Sein Ziel: Die USA, für fünf Wochen Chicago. Management-Weiterbildung um die Arbeitsweise hier in sein Programm in Europa zu übernehmen. Alles drehte sich um den Hauptsitz des Konzerns und dass sie ihn schickten, war ihm recht.

So konnte er ein wenig Abstand von seiner Freundin gewinnen. Die klammerte sich ohnehin zu sehr an ihn, andererseits war es sehr bequem und günstig, bei ihr zu sein und auch dort zu wohnen.

Seinen Eltern, die in der engen Kasernenwohnung hausten, hatte er sofort nach dem Militärdienst den Rücken gekehrt. Die Mietwohnung in Graz war auf die Dauer zu kostspielig. Seine Freizeit verbrachte er in der Wettkneipe oder im Casino der Innenstadt. Er war überzeugt, die Zahl elf, oder der Herzkönig würden ihn eines Tages zum reichen Mann machen.

Er wusste, in Amerika gab es noch viel bessere Möglichkeiten zu spielen, also dachte er voll Zuversicht an diese Reise. Seine Dienstreise betrachtete er als Sprungbrett seiner Karriere. Zusätzlich hoffte er beim Glücksspiel Dollars zu gewinnen, um sein zukünftiges Leben luxuriöser zu gestalten.

Seine Freundin Marisa ahnte natürlich nichts von seinem Doppelleben, für sie spielte er den aufstrebenden,

tüchtigen Angestellten mit großer
Zukunft: bieder und langweilig.

Marisa verließ gestresst das
Badezimmer." Hast du deine Koffer
parat, wir haben heute keine Zeit für
Kaffee, vielleicht im Flughafen-Café,
wenn wir rechtzeitig da sind."

Ok, wir können los! Auf ins Vergnügen.
Du scherzt, das wird harte Arbeit für
dich Michael! Ja leider, du wirst mir
auch fehlen.

Nun krochen beide im Auto hinter einer
„Schnecken-Schlange" durch die Stadt
Graz. Fahr bitte etwas schneller
Marisa, gib Gas. Wir erreichen mein
Flugzeug nach Wien nicht, wenn du so
schleichst.

Michael nervte am Beifahrersitz. Doch
wenn sie die erlaubten 50 km/h
überschritt, wer zahlte dann die
Verkehrsstrafe? Überholen ging gar
nicht. Ihr Lebensgefährte würde für
die nächsten fünf Wochen nach Chicago
zum Mutterkonzern zur Einschulung
geschickt. Wenn sie Pech hatte, würde
ihr als Abschiedsgeschenk der
Führerscheinentzug drohen. Nein,

Marisa erhöhte ihre Geschwindigkeit nicht. Wäre er früher aus dem Bett gekrochen, würden sie jetzt keinen Stress haben.

Es war doch immer dasselbe, auch wenn der Plabutschtunnel für Graz eine große Entlastung war. Gerade heute, wenn sie zum Flughafen nach Graz-Thalerhof musste, war dieser wegen Renovierungsarbeiten gesperrt. Es war zum Ausrasten! Wäre ihr lieber Michael früher aufgestanden, könnten sie gemütlich noch vorher im Flughafen-Restaurant gemeinsam einen Kaffee trinken. Nein, obwohl er wusste, dass seine Dienstreise beginnt, wurde er erst im letzten Moment mit seiner Morgentoilette fertig. Marisa war wütend auf ihren Michael und hegte deshalb diese aggressiven Gedanken.

Sie beide waren seit fünf Jahren ein Liebespaar und seit einem Jahr wohnten sie zusammen. Sie verstanden sich sehr gut im Bett und hatten auch sonst viele gemeinsame Interessen. Nur die Unpünktlichkeit von Michael und seine morgendliche Trägheit trennten sie. Trotzdem liebte Marisa ihn sehr und insgeheim hoffte sie auf einen Heiratsantrag, wenn er von seiner Dienstreise zurückkommt. Diese Reise war sicher ein Karrieresprung für ihn. Noch war er Gruppenleiter der technischen Forschungs-Abteilung eines Zulieferwerkes für Autos in Graz. Er hatte im letzten Jahr verschiedene Schulungen besucht, sodass er eine Chance, zum Management zu wechseln, erhielt. Diese Weiterbildung war auch einer der Argumente, weshalb sie in eine gemeinsame Wohnung zogen. Michael konnte in Ruhe lernen, denn Marisa sorgte für Ordnung in der Wohnung, ob für eine oder zwei Personen, das war doch einerlei. Dies waren die Worte von Michael, aber Marisa fühlte sich manchmal schon eingeengt und benachteiligt, doch die Liebe zu ihm siegte. Sie dachte, sie würde sich an das gemeinsame Wohnen bald gewöhnen und später würden sie ohnedies eine größere Wohnung kaufen. Für dieses Zukunftsglück sparte sie eifrig.

Während die Ampel auf Rot geschaltet war, beugte sich Marisa zu ihrem Michael hin und küsste ihn zärtlich." Ach, mein lieber Schatz, bist du nervös wegen der Dienstreise, oder fällt es dir schwer, mich für fünf Wochen allein zu lassen?"

Sie neckte ihn und wollte damit seine Angespanntheit mildern. Er starrte aber nur stur auf die Ampel. Er riecht sexy nach Sandelholz, sieht gut aus mit seiner schwarzen Lederjacke und den Jeans, dachte Marisa. Das brombeerfarbige Hemd passt hervorragend zu seinem dunklen Teint. Auch die schwarzen Haare und die braunen Samtaugen, die er hinter einer Sonnenbrille versteckt hatte, ergänzen das Gesamtbild eines Vollblutmannes um die dreißig.

Ob er mir wohl treu bleibt? spinnt sie ihre Gedanken weiter.

Ein Hupkonzert weckte sie aus ihrer Abwesenheit. Sie hatte die Grünschaltung übersehen.

„Also wer von uns beiden ist nun mehr nervös, du oder ich? Konzentriere dich mehr auf den Straßenverkehr, anstatt mit mir zu knutschen, meine Liebe!"

Michael war doch sonst nicht so ruppig. Marisa fuhr nach diesen Worten beleidigt weiter und schaute nur mehr stur auf das vor ihr fahrende Fahrzeug oder die Ampel. Es war sehr knapp, aber sie erreichten den Flughafen doch noch rechtzeitig. Zum Abschied nehmen blieb außer: Bitte ruf mich an! nicht viel Zeit. Er hatte einen langen Flug vor sich. Zuerst nach Wien, dann Frankfurt und anschließend nach New York.

Die Gelegenheit, drei Tage die Stadt zu besichtigen, konnte er sich nicht entgehen lassen. Deshalb hatte er diese Route gebucht. Von dort musste er zur Schulung nach Chicago. Beginn der Ausbildung wird der 15. September sein. Bis dahin wollte er zuerst New York und dann Chicago besichtigen und seinen Körper der Zeitumstellung anpassen.

Selbstverständlich war er nervös, denn so perfekt waren seine Englischkenntnisse nicht und da war noch etwas. Er verschwieg Marisa, dass er ein Angebot der Konkurrenzfirma besaß. Er könnte auch in Toronto in

Kanada seinen Weg machen. Während seiner Tätigkeit hatte er sich viel Erfahrung und Hintergrundwissen angeeignet und darauf war die Konkurrenz scharf. Aber Marisa würde nie ihren Heimatort verlassen. Sie war zu bodenständig und ihre Anstellung bei der Krankenkasse galt als krisensicher. Er ahnte auch, dass sie sich heimlich mit Heirats- und Kinderwunsch befasste. Aber er war noch nicht so weit. Die Gemeinschaftswohnung war für ihn sehr bequem gewesen, aber heiraten? Nein, dafür war noch genug Zeit, irgendwann.

Der sanfte Abschiedskuss und die lang ausholenden Schritte in Richtung Einchecken waren wie ein Schatten, aufgelöst ins Nichts. Zumindest empfand es Marisa so. Es schien ihr, als wäre er auf der Flucht. Wovor?

USA. Das konnte der Beginn einer steilen Karriere sein, dessen war er sich sicher. Endlich durfte er die Stadt New York hautnah erleben. Er hatte schon viel von dieser pulsierenden Traumstadt gehört und gelesen. Auch wenn es vorerst nur drei

Tage Zwischenaufenthalt, also eine sehr kurze Zeit sein wird, so würde er diese bis auf das Letzte auskosten. Das Flugzeug zog eine Schleife über die Stadt Graz, bevor es den Kurs Richtung Wien fortsetzte.

Bitte schnallen Sie sich an, wir wünschen einen guten Flug, schnarrten in verschiedenen Sprachen ein Lautsprecher und Graz und Marisa waren vergessen.

Er dachte wieder an die vergangene Nacht, warum hatte er den Herzkönig nicht richtig ins Spiel gebracht? Er war doch so routiniert, weshalb hatte er verloren? Anfangs waren es doch stattliche Gewinne, die er eingefahren hatte. Ach was, dachte er, in den USA werde ich schon mein Glück finden.

Zur gleichen Zeit quälte Marisa sich durch den Stadtverkehr Richtung Norden. Es war typisch für die ersten Septemberwochen. Stau, genervte Autofahrer, überlastete Straßen. Die Urlauber waren zurückgekehrt, die Schulzeit hatte diese Woche begonnen. Während sie von Ampel zu Ampel kroch,

konnte sie nicht anders, als ihre
Gedanken bei ihrem Liebsten und dessen
frostigem Benehmen zum Abschied
nachzuhängen.

Er war ein begehrter Junggeselle, der
sich für sie interessierte. Marisa
konnte es anfangs gar nicht glauben,
dass er sie, das unscheinbare Mädchen
umwarb. Sie selber war zu
selbstkritisch und betrachtete sich
als ein mittelblondes Pummelchen mit
Brille. Verwaltungs- Angestellte bei
der örtlichen Bezirkskrankenkasse in
Frohnleiten. Eine gut abgesicherte
Dienststelle und sie fuhr die kurze
Strecke mit dem Fahrrad zu ihrer
Arbeit.

Zu Hause kam der richtige
Katzenjammer. Als erstes räumte sie
das Badezimmer auf. Das Badetuch lag
am Boden. Das Rasierwasser hatte er zu
schließen vergessen und die Zahnpasta
zierte mit einigen Klecksen den
Spiegel. Seufzend machte sie Ordnung.

Trotzdem war ihr Herz voller Sehnsucht
nach ihrem Schatz. Nach getaner Arbeit
bereitete sie für sich eine Gemüse-

Omelette zu. Diese Zutaten hatte sie immer im Haus. Tiefkühlgemüse, gut gewürzt, mit Zwiebel und Knoblauch und Kräutern vom Balkon war die Lieblingsspeise von Marisa. Michael bevorzugte Fleischgerichte, deshalb nutzte sie die Zeiten ohne ihn, um vegetarisch zu leben.

Anschließend schwang sie sich auf das Fahrrad und erfreute sich an der Stille und Schönheit des Mur-Radweges im Herbst. Die ersten Laubbäume erhielten schon ihr Herbstkleid, man konnte die gelben und roten Blätterspitzen sehen. Ein wenig milderte das Strampeln den Trennungsschmerz. Sie kam ganz schön ins Schwitzen. Ihr Weg führte sie heute Richtung Norden bis Mixnitz in die Nähe der Bärenschützklamm. Diesen Wanderweg würde sie ein anderes Mal in Angriff nehmen, mit dem Fahrrad ging es nicht, also zurück nach Hause.

Das Auto, das jetzt zu ihrer Verfügung stand, gehörte Michael, denn er arbeitete in Graz. Die Wohnung war Marisas stolzer Besitz, sehr ruhig im Grünen gelegen. Sie konnte von ihrem

Balkon aus auf das wunderschöne
Städtchen Frohnleiten blicken. Viele
Blumen schmückten den Ort. Immer
wieder genoss sie diese schöne
friedliche Umgebung. Ach, wenn
Michael gemeinsam mit ihr eine Familie
gründen wollte, war doch hier und
jetzt der perfekte Zeitpunkt.
Träumereien einer Endzwanzigerin und
dabei floss das Gießwasser für ihre
Balkonkräuter über. Nun war die
Bescherung perfekt. Es musste gewischt
werden.

Der erste Arbeitstag am Montag verlief
sehr ruhig ohne Stress und ohne
Nachräumen hinter ihrem Geliebten.
Trotzdem war sie traurig und vermisste
ihn. Der Vormittag war schon fast
vorbei, als sie zu ihrem Vorgesetzten
gerufen wurde. Sie mochte ihn gut
leiden, es herrschte ein fast
freundschaftliches Verhältnis zwischen
ihm und ihren Kollegen. Sein Äußeres
verriet schon, dass er den leiblichen
Genüssen nicht abgeneigt war.
Besonders die selbst gebackenen
Mehlspeisen, die sie oder ihre
Kollegen öfter von zu Hause

mitbrachten, veranlassten ihn zum Schwärmen.

„Was gibt es Meck?" fragte Marisa ungeniert, während sie sich auf den freien Stuhl gegenüber setzte. Normalerweise musste sie ihn höflich mit seinem Titel ansprechen, aber weil sie alleine in seinem Büro waren, erlaubte sie sich den freundschaftlichen Gruß.

Amtsleiter Mag. Fridolin Mecker sah aus wie ein Eisbär. Seine kurz geschnittenen Haare und der weiße Bart machten das Bild durch seine üppige Gestalt komplett. Er lächelte freundlich und väterlich.

„Marisa, ich habe vom Personalbüro deine Akte mit dem Hinweis auf Beförderung erhalten. Wir sind sehr zufrieden mit deiner genauen und korrekten Arbeitsleistung. Das bedeutet für dich auch eine höhere Gehaltsstufe, gratuliere."

Marisa freute sich sehr über diese Überraschung. Schade, dass sie es nicht gleich mit Michael feiern

konnte. Das wollte sie aber in fünf
Wochen nachholen.

„Lieben Dank für diese wunderbare
Nachricht, morgen bringe ich einen
leckeren Kuchen für uns mit und ein
Gläschen Sekt dürfen wir uns schon
nach Dienstschluss genehmigen, nicht
wahr?"

Ganz beschwingt verließ sie das
Chefbüro, um diese Nachricht ihren
drei Kollegen mitzuteilen. Diese waren
alle dienstälter und hatten längst
eine höhere Besoldungsstufe erreicht.
Sie hatte ja praktisch nur
besoldungsmäßig gleichgezogen mit
ihren Kollegen und nun fuhr sie
beschwingt und wie auf Wolken am
Nachmittag mit dem Fahrrad nach Hause.

Hoffentlich meldet sich Michael bald,
dachte sie, sie wollte die Freude mit
ihm teilen. Die nötigen Lebensmittel
kaufte sie noch ein, und mit vollem
Eifer backte sie den Kuchen für ihre
Kollegen.

Der Kuchen war schon in der Backröhre,
als das Telefon läutete: endlich
Michael!

„Hallo Marisa-Schatz, ich bin in einem
kleinen Hotel in der Nähe vom
Broadway. Ich sage dir, ein Traum!
Diese Stadt ist wunderbar aufregend.
Übermorgen fliege ich weiter nach
Chicago. Ich melde mich dann wieder,
also bis bald!"

Sie kam gar nicht zu Wort und konnte
ihm nicht von ihrer Beförderung
erzählen, schade.

Naja, wenn er zurückkommt, passt es
vielleicht sogar besser. Diese Option
war doch wie geschaffen für eine
gemeinsame Zukunft. Ach, wenn die Zeit
der Trennung endlich vorbei wäre.

11. 9. 2001 15 Uhr 20 MEZ Frohnleiten

Dieser Tag war so normal für Marisa,
fast wie jeder andere, allerdings ohne
Michael. Vor vier Tagen hatte sie ihn

zum Flughafen Graz gefahren. Nur ein
kurzer Anruf und sonst keine
Nachricht weiter. Naja, er wird
wahrscheinlich müde sein oder
vergessen haben, sein Handy zu laden.
Er wird sich bei mir schon noch
melden, tröstete sie sich. Ein
Gläschen Sekt nach Büroschluss trank
sie zur Feier des Tages, dann ging es
ab nach Hause.

Die wichtigsten Einkäufe waren an
diesem Tag erledigt. Sie wartete etwas
ungeduldig auf die Grünphase. Also
fuhr sie etwas später als sonst mit
dem Auto heimwärts. Weil sie das Auto
zur Verfügung hatte, war sie in
Friesach beim Supermarkt einkaufen.
Zur Abwechslung war es bequem, das
Auto von Michael mit ihrem Fahrrad zu
tauschen. Die Radio-Hintergrundmusik
begleitete sie leise. Die schöne
Landschaft tat ihr Übriges. Sie fuhr
an grünen Hügeln und Wäldern entlang,
gesäumt von ins Bild gesetzten
Gehöften. Langsam kam sie über die
Murbrücke durch die Windungen der
Straße in die Nähe ihres Domizils. An
diesem sonst so normalen Tag wurde die
Schlagermusik jäh unterbrochen. Laut

und aufgeregt drang die heisere Stimme eines Reporters aus den Boxen. Sie dachte: „Komisch, die bringen um diese Uhrzeit ein Hörspiel, das ist ungewöhnlich beim Steiermark-Regional Sender." Als sie aber aufmerksamer zuhörte, erkannte sie, dass das Szenario einer Katastrophe beschrieben wurde. Der Hörspielsprecher brachte die Handlung so spannend und packend, man mochte fast glauben, das passiert wirklich. Sie erinnerte sich vage an einen Bericht vor einigen Jahrzehnten. Da wurde ein Hörspiel von Orson Welles in den USA gesendet, das auch so realistisch gespielt wurde, dass die Zuhörer meinten, es wäre real. Sie weiß nicht mehr genau, um was es da gegangen ist. War es die Landung Außerirdischer, oder war es zu Zeiten des Kalten Krieges, dass ein Atom-Angriff verkündet wurde? Jedenfalls hatte sie einmal gelesen, dass deshalb die Menschen zu tausenden aus ihren Wohnungen planlos auf die Straßen geflüchtet seien und ein heilloses Chaos verursacht hatten. Daran dachte sie, als sie das hörte und auch, dass es ein besonders guter Schauspieler sei, der diese Rolle spielte. Nach längerem Zuhören erfasste sie, dass für diese Szenerie als Drehort New York gewählt worden war. Da wurde sie hellhörig. "New York! Das ist der Zwischen-Aufenthalt von Michael. Das wird doch hoffentlich nicht Realität sein." Sie fuhr die nächste Parkbucht an. Zum Glück hatte sie ein Handy mit und seine Telefonnummer darin gespeichert. Mit zittrigen Fingern wählte sie und hörte auch schon seine Stimme. Sie konnte nur fragen: „Wo bist du? In New York? Ich habe gerade im Radio gehört, ein Flugzeug wäre in einen Wolkenkratzer gestürzt." Er antwortete: „Ja, das könnte sein, irgendetwas muss passiert sein, du brauchst dir keine Sorgen zu machen, ich bin ein paar Blocks entfernt davon, aber ich sehe, wo es brennt. Oh, mein Gott!" Ein entsetzter Schrei von ihm und die Verbindungen waren unterbrochen.

Einerseits war sie dankbar, seine Stimme gehört zu haben. Das war wenigstens ein Lebenszeichen. Dass er sich nicht unmittelbar in dem brennenden Gebäude befunden hatte, war fürs erste beruhigend. Andererseits war die Unterbrechung mit seinem Aufschrei: " Oh mein Gott!" wieder beängstigend. So schnell es möglich war, fuhr sie nach Hause, um den Fernseher einzuschalten. Man konnte die Skyline von New York sehen. Die aufgeregte Berichterstattung des Reporters versetzte sie in Angst. Und dann- sie dachte es wäre eine Zeitlupenwiederholung- sah man, wie ein zweites Flugzeug direkt auf das Gebäude zusteuerte.

Nein, das muss ein Irrtum sein, der Pilot hat die Orientierung verloren! Sie hatte das Gefühl, das Flugzeug bohrt sich in ihren Bauch. Die schwarzen Schlingen der Eingeweide fallen mit glühenden Enden heraus. Ganz New York City versinkt in einer riesigen Giftwolke. Mit diesem Ereignis war auch der Direktkontakt zur Stadt gekappt. Die Fernsehsender konnten nur immer wieder die schrecklichen Bildwiederholungen bringen.

Actionfilme werden oft gezeigt und hoch gelobt. Sie konnte sich so etwas nie ansehen, für wen sollte das eine Entspannung sein, wenn Menschen in Angst und Schrecken versetzt werden. Auch dann nicht, wenn ein Terminator als rettender Engel urplötzlich die „Bösen" vernichtet und als großer Held gefeiert wird.

Was konnte sie tun, außer beten? Sie versuchte, die österreichische Botschaft zu erreichen, um zu erfahren, ob das Inferno in N.Y. gestoppt werden konnte. Es gelang ihr nicht durchzukommen, ständig war das Besetztzeichen zu hören.

Auch die Tatsache, dass an diesem Tag insgesamt vier todbringende Flugzeuge zu verschiedenen Zielen nach Amerika geschickt wurden, änderte nichts daran, dass für sie persönlich der Anschlag in New York der Schlimmste war. Die kommenden Tage lebte sie in einem luftleeren Raum. Immer wieder versuchte sie zu erfahren, ob Telefonleitungen schon funktionierten, sodass sie irgendwie mit Michael Kontakt aufnehmen könnte. Aber es war nicht möglich. Sie konnte nur auf den ersehnten Anruf warten, auf ein

Lebenszeichen ihres Geliebten. Eine
völlige Leere der Gedanken und
Hoffnungslosigkeit überfiel sie.

Ein Staubkorn in dieser riesigen Stadt
ist dieser geliebte Mensch. Immer
wieder war die dunkle Feuerwolke vor
ihren Augen, eine Wolke, die alles
verschlang.

Auch als sie endlich die
österreichischen Botschaft erreichte,
brachte es keine Erleichterung.
„Wissen Sie, in welchem Stadt-teil
sich Herr Michael Faber zur Zeit des
Anschlages befand?" „Nein, er sagte
nur, er sei ein paar Blocks davon
entfernt." Marisa fühlte sich hilflos
und dumm. Ihr war klar, dass die
Beamten sie für beschränkt hielten,
als sie über diese erfahren wollte, ob
Michael noch lebte. Wenn sie nicht
einmal wusste, in welchem Gebäude er
sich zu diesem Zeitpunkt befand!

Sie spürte nur ihr Zittern und wie
sich ihr Körper verkrampfte aus Angst
vor der schrecklichen Wahrheit. Sie
konnte sich nicht bewegen und ihr

Mund krächzte nur: „Entschuldigen Sie bitte, ich wollte Sie nicht stören…"

Die Uhr in ihrem Kopf raste, immer schneller und schneller wie ein Überschallflugzeug. Graue Nebelschleier tanzten durch den Morgen, deckten zu, was unsichtbar bleiben sollte. Das Netz wird immer enger, sie will einfach nicht glauben, dass der Mensch durch seine Dummheit diese Erde zerstören kann. Das größte Unglück der Welt ist der Größenwahn einzelner Menschen. Diese versuchen, nur weil sie es können, sich als Herren des Universums aufzuspielen. Sie überschreiten die Grenzen jeglicher Moral und maßen sich an, den Schlüssel und die Macht über Sein oder Nichtsein zu besitzen. Aber bald müssen auch sie abtreten von dieser Weltenbühne, denn die Nächsten warten schon. Diese verkünden wieder, dass sie alles nur zum Wohle der Menschheit tun. In Wirklichkeit geht es nur darum, bewundert zu werden und um die Geilheit der Macht. Diese Spirale dreht sich immer weiter.

Schlaflose Nächte zwischen Bangen und Hoffen hatte sie hinter sich und die hinterließen auch ihre Spuren. Tiefe Schatten zierten ihre Augen, da half kein Make-up. „Warum hat er sich bei seiner Ankunft in New York nur so kurz gemeldet? Nicht einmal den Namen des Hotels hat er ihr gesagt. So teuer sind die Telefonate auch wieder nicht, er hätte länger sprechen können. Vielleicht ist er auch gleich nach Chicago weiter gereist und hatte keine Zeit, sich zu melden. Diese Einschulung ist sicher nichts Leichtes und für private Telefonate blieb dabei keine Zeit." Zweifel und Hoffnung wechselten sich ab. So und ähnlich tröstete sich Marisa.

Weil sie mit Michael nicht verheiratet war und auch sonst keine Verwandtschaft nachweisen konnte, erhielt sie von der Dienststelle seines Arbeitgebers auch keine Auskunft. Drei Wochen waren seit ihrem Abschied vergangen und es war so, als hätte er sich in Luft aufgelöst. Oder war er umgekommen?

Sie musste sich ablenken und rief ihre
Freundin Roswitha an. „Hallo, hast du
Lust mit mir ins Café zu gehen?"
„Selbstverständlich, für dich habe ich
immer Zeit", war die Antwort. Als
Treffpunkt nannte sie ein Café am
Hauptplatz von Frohnleiten. An diesem
milden Herbstnachmittag hatten sehr
viele Sonnenhungrige denselben
Gedanken, aber Roswitha war früher
gekommen und besetzte zwei Sitzplätze
im Freien und verteidigte diese
unnachgiebig. „Hallo Marisa, zuerst
trinken wir Cappuccinos und essen eine
Frohnleitner Torte. Du musst dringend
zum Friseur und zur Inge unserer Haus-
Kosmetikerin." „Danke, für die
freundliche Begrüßung, und deinen
Holzhacker-Charme." „Du weißt wie ich
es meine, und man sieht es von weitem,
dass du Sorgen und schlaflose Nächte
hinter dir hast. Was bedrückt dich so
sehr?" Roswitha war Marisas Freundin
seit ihrer Kindheit. Sie hatten
zusammen die Schulbank gedrückt, ihren
ersten Liebeskummer beweint und
Freundschaftsringe ausgetauscht. Ihre
Wege führten auch noch durch dick und
dünn der pubertären Jahre. Roswitha

war auf die Butterseite der Welt gefallen.

Der Vater, ein bekannter Arzt für Allgemeinmedizin im Ort, besaß einen guten Ruf und nebenbei sehr viel Vermögen. Die Mutter brachte als Tochter des Sägewerksbesitzers ein beträchtliches Heiratsgut in Form einer Villa am Stadtrand von Graz mit. Also war für ein solides materielles Polster gesorgt. Roswitha studierte nach dem Abitur auf Wunsch des Vaters ein paar Semester Medizin. Aber sie zog es vor, rechtzeitig in eine bequemere Zukunft zu investieren und angelte sich den Sohn eines bekannten Anwalts. Sie bezog mit ihrem Gatten die Villa der Mutter und lebt nun standesgemäß als Lady mit Personal. Sie schenkte zur Weiterführung der Spezies ihrem Ehemann einen Sohn, der zurzeit in einem vornehmen Schweizer Internat auf seine Zukunft als Anwalt vorbereitet wird. Damit waren ihre Pflichten als Mutter erfüllt und sie hatte nichts anderes zu tun, als ihren Mann zu repräsentieren. Ihre Anwesenheit auf Gesellschaften für die Kontakte ihres Gatten war en vogue und ab und zu eine Charité-Veranstaltung zu organisieren, das war alles. Die Wochenenden verbrachte sie mit der Familie auf dem Golfplatz, während der übrigen Tage ohne Anhang, denn sie verfügte über viel Freizeit.

Obwohl sie zu den Reichen und Schönen dieser Welt gehörte, war und ist sie eine liebenswerte Person ohne Allüren. Roswitha strahlte so viel offenherzige Schlichtheit aus, trotz ihrer edlen Garderobe die sicher so teuer war wie Marisas Monatseinkommen. Sie fühlte sich wohl in Gesellschaft ihrer Freundin.

„Roswitha, du hast ja recht mit meinem Aussehen, aber ich bin seit dem Terroranschlag total verzweifelt. Michael war am elften September in New York, ich habe sogar kurz mit ihm gesprochen, aber seit damals ist Funkstille und ich kann ihn nicht erreichen." „Vielleicht ist er weiter gereist und hat keine Zeit für Telefonate." „Das sehe ich ein, aber irgendwann abends müsste man doch die private Mailbox abhören können, das Seminar dauert nicht 24 Stunden pro

Tag." Marisas Stimme klang
verzweifelt. „Zur Zeit ist es
wahrscheinlich nur möglich abzuwarten,
vielleicht kannst du über seine
Familie etwas erfahren, die wissen
doch zuerst wenn ihm etwas passiert
wäre. „Du hast ja recht, aber ich
besuche die nur ungern, ich habe das
Gefühl, die mögen mich nicht." „Das
Beste ist, du wartest einmal den
Zeitpunkt ab, an dem er planmäßig
zurückkommen sollte. Er muss doch in
seiner Firma wieder den Dienst
antreten. Du hast mir erzählt, dass er
nun im Management tätig ist, da darf
man nicht unpünktlich sein. Und nun,
Schluss mit Jammern, jetzt wird
geschwatzt, so wie es für Freundinnen
gehört." Der Nachmittag wurde
gemütlich und nach einem Gläschen Sekt
sogar ein wenig fröhlich für beide.

Die nächsten zwei Wochen verbrachte
sie in Bangen und Hoffen, aber kein
Lebenszeichen von Michael. Deshalb
überwand sie sich und kündigte für
kommenden Samstag ihren Besuch bei den
Eltern von Michael an. Vielleicht
hatte er sich bei ihnen gemeldet? Sie
kaufte bei der Gärtnerei Elke einen

wunderschönen Dahlienstrauß. Dieser war so bezaubernd, dass sie sich vornahm, später auch für die eigene Wohnung so eine schöne Dekoration zu besorgen.

Mit dem Auto kam sie rasch ans Ziel, den Stadtrand von Graz. Etwas Trostloses haftete den Wohnblocks an, graue Betonbauten im Baustil von Kasernen. „Meine liebe Marisa, du siehst aber gar nicht gut aus, zieh brav deine Schuhe aus, hier hast du Filzpantoffeln." Die liebe Frau Mutter von Michael krähte im zuckersüßen hohen Tonfall: „ Ach, Marisa du siehst aber schlecht aus, du könntest dich schon mehr für dein Äußeres bemühen." Wie sehr sie diese schonungslose und doch honigträufelnde Begrüßung hasste. Dabei könnte die liebe Frau Mama von Michael mit ihrer Hochsteckfrisur, dem spitzen Mund und den vielen Falten, die das knochige Gesicht zierten, in einem Märchenfilm als Hexe auftreten. Ihr Gatte der „Karli" dachte noch immer, er wäre beim Polizeirevier zum Drill der Nachwuchspolizisten wie seinerzeit als

Dienststellenleiter. Seine zackige Begrüßung machte Marisa nervös.

„Na, wenig Schlaf, in letzter Zeit?" Alle sahen ihre Sorgen von weitem, aber keiner half ihr! „Komm, mein lieber Karli", so sprach die Gastgeberin ihren Gatten mit dieser verniedlichten Form seines Vornamens Karl-Rudolf an. „ Wie freue ich mich, dass wir wieder die liebe Marisa in unserem Heim begrüßen. Es ist immer wieder schön, Besuch zu bekommen. Schade, dass Michael nicht dabei sein kann." Marisa gab es einen Stich bei der Erwähnung des Namens. Es war, als ob jemand mit einer spitzen Nadel in ihr Herz stechen würde. Er allein war doch der Grund, warum sie sich dieser Tortur eines Besuches bei seinen Eltern antat. Sie wurde eine Spur blasser als sie ohnehin schon war. „Danke für die Einladung, liebe Mama, ich freue mich, bei Euch sein zu dürfen." Und das war mehr als gelogen. Denn sie betete insgeheim, „bitte lass diese Besuchszeit so schnell als möglich unbeschadet vorbei gehen."

Die Eltern von Michael wohnten in
einer Wohnanlage der Sechzigerjahre,
preislich relativ günstig, aber auch
sehr veraltet und dunkel. Zwei Zimmer,
Wohn- und Schlafzimmer, eine kleine
Küche und ein kleiner Raum, der das
Zimmer von Michael war. Kein Wunder,
dass er bei Marisa untergeschlupft
ist. Alles etwas antiquiert
eingerichtet, schwere Schränke aus
Eichenholz und die gehäkelten
Platzdecken verstärkten den
ungemütlichen Eindruck. Alles glänzte
und war akkurat auf seinen Platz
selbst die Orden an der Wand für die
sportlichen Verdienste des Hausherrn
strahlten wie frisch poliert. Sie
durfte am Wohnzimmeresstisch Platz
nehmen, wo die Hausherrin schon einen
Teller mit selbst gemachten Keksen
bereitgestellt hatte.
Selbstverständlich war eine
Plastikschondecke über das Tischtuch
gebreitet.

Willst du Tee oder Kaffee zu den
Keksen? Marisa, ich muss dir
anschließend unbedingt das Rezept für
diese Kekse geben. Sie erbat eine
Tasse Tee, denn sie kannte diese Brühe

von dünnem Malzkaffe, der hier
gereicht wurde. Wahrscheinlich war es
ein es Pulverkaffee aus den
Abverkäufen einer Supermarktkette. Der
Vater von Michael forschte mit seiner
tiefen Bassstimme nach dem Befinden
von Marisa. Sie fragte mit Bangen, ob
Michael sich bei ihnen gemeldet hätte.

Ob Michael in Chicago ist, kann ich
dir leider nicht sagen, auch wir haben
von seiner Dienststelle noch nichts
Konkretes erfahren. Hat er sich bei
dir auch nicht gemeldet? wollte er
wissen.

„Papa, ich habe wirklich alles
Mögliche versucht, um mit ihm Kontakt
aufzunehmen", antwortete Marisa.

Die Mutter begab sich in die Küche um
Tee zu kochen. Marisa saß verkrampft
am Esstisch. Sie getraute sich nicht,
auch nur einen Keks zu nehmen. Der
alte Herr fing ein Gespräch an, das
sich natürlich um seine sportlichen
Leistungen während seiner Dienstzeit
drehte. Marisa bemühte sich, ein
Gähnen zu unterdrücken, aber er
prahlte weiter. Da verspürte Marisa

eine Hand unter dem Tisch auf ihren Schenkel greifen. Sie sah den Hausherrn an und wollte schon zu ihm sagen, er solle das gefälligst sein lassen. Er aber lächelte sie nur an, als wolle er sagen: Du willst das doch, oder?

„Lass den Unsinn", konnte sie nicht sagen. Sie wusste, er würde die Situation ins Gegenteil verkehren und es so darstellen, dass sie es wäre, die ihn provoziert hätte. Sie wurde rot vor Scham und Zorn. Dieser geile alte Bock kehrte ständig den Moralprediger hervor, wo es nur ging, und nun dies. Die einzige Möglichkeit, die Situation zu retten war für sie zu sagen, sie wolle in die Küche gehen und Mutter beim Teekochen behilflich sein.

So flüchtete sie in die Küche, wo sie aber unliebsam empfangen wurde. Liebe Marisa, du bist hier unser Gast, du brauchst mir nicht behilflich sein. Wenn wir zu Euch kommen, erwarte ich auch von dir, dass du uns bedienst.

Die schrille hohe Stimme tat Marisa in den Ohren weh, aber sie war noch eher auszuhalten, als den Zudringlichkeiten ihres zukünftigen Schwiegervaters ausgeliefert zu sein.

Nachdem die Tee-Zeremonie ausgestanden war, verabschiedete sie sich so rasch als möglich. Von diesen Menschen konnte sie keine Unterstützung erwarten. Sie waren zu sehr mit den eigenen Dingen beschäftigt. Ihr Sohn wird schon seinen richtigen Weg gehen, da macht man sich keine unnötigen Gedanken. Wenn ihm etwas passiert wäre, hätten sie schon längst von den Behörden Bescheid erhalten. Ganz betrübt fuhr Marisa nach Hause.

Um auf andere Gedanken zu kommen, nahm sie sich vor, dieses Wochenende zu nutzen, um ihre Wohnung in Ordnung zu bringen. Sie begann mit dem Schlafzimmer. Die Betten wurden frisch bezogen und auch in die Kästen kam neue Einteilung und Sauberkeit.

Es duftete herrlich nach frischer Wäsche und Lavendel. Die Arbeit tat ihr gut. So war sie von ihrer Sorge um

Michael abgelenkt. Anschließend kam der Schreibtisch an die Reihe. Alte, zu lange aufgehobene Bankauszüge wurden fachgerecht entsorgt.

Da fiel ihr plötzlich ein, sie müsste am Montag doch wieder zur Bank ihr Schließfach kontrollieren. Sie hatte dort Aktien und auch ein Erbe ihres Großvaters, einige wertvolle Goldmünzen gelagert. Sie waren ihre Zukunftsvorsorge und das Startkapital für eine größere Wohnung, die sie demnächst anzahlen wollte.

Sie hatten das unlängst besprochen, Michael und sie. Er würde mit seinem neuen, besseren Gehalt als Manager die Einrichtung beisteuern, sie könnte das Erbe für die Anzahlung der Wohnung verwenden. Sie war damals so glücklich gewesen, als er ihr dies vorschlug. Er, der fesche aufstrebende Manager wollte sein Leben mit ihr, der Versicherungsbeamtin teilen.

Wenn sie in den Spiegel blickte, sah ihr immer ein etwas zu rundes Gesicht mit Brille entgegen. Auch war sie nicht sehr groß. So wie die Mädchen

heute mit ihren langen Beinen und
hohen Absätzen durch die Straßen
stöckelten, konnte sie nur vor Neid
erblassen. Denn ihre etwas zu kurz
geratenen Beine waren zwar gerade,
aber keineswegs gertenschlank.

Die letzten Tage hatten bewirkt, dass
ihre Lieblingsjeans plötzlich tadellos
passte, ohne dass man den Zipp im
Liegen schloss. Doch ihr Gesicht war
fahl und leicht faltig und das mit
neunundzwanzig! Die Kosmetikerin Inge
war dringend gefragt. Sie rief Inge,
die gemeinsame Schulfreundin, an, um
für nächste Woche einen Termin zu
vereinbaren.

Sie räumte den Schreibtisch fertig
auf und probierte nochmals mit Michael
telefonisch Kontakt aufzunehmen. Kein
Anschluss unter dieser Nummer! Das
durfte nicht wahr sein, warum?
Langsam wurde dieses unsichere Warten
auf ein Lebenszeichen ihres Freundes
zur Qual. Die fünfte Woche nach seinem
Abflug war ohne ein Anruf oder
sonstigem Kontakt mit ihm vorbei. Was
war geschehen?

Den Rest des Sonntagnachmittags vergrub sie sich in ihren vier Wänden. Sie hockte vor dem eingeschalteten Fernseher, ohne auch nur die Handlung der Filme aufzunehmen. Sie versuchte zur Ablenkung ein Buch zu lesen, um auch hier den Inhalt nicht zu verstehen, bis sie es aufgab.

Sie zog ihre Sportschuhe an und lief bergwärts in den Wald. Das Rascheln des Herbstlaubes am Weg war das einzige Geräusch. Sie war allein und als sie sich außer Atem an einen Ahornbaum lehnte, brach die Verzweiflung aus ihr heraus und sie schluchzte laut auf und ließ ihre Tränen fließen.

Wer konnte ihr helfen? Vielleicht war Roswitha doch die Person, die richtige Kontakte vermitteln konnte. Sie hatte ihr zwar geraten, abzuwarten, aber nun war es Zeit zu handeln.

In der letzten Oktoberwoche machte sie nochmals einen Versuch bei den Eltern von Michael nach ihm zu forschen.

Ach, liebe Marisa, wir sind selbst
schon ganz konfus, weil wir nichts von
ihm hören. Vielleicht versuchst du es
auch einmal bei seiner Dienststelle,
wir haben dort nichts erfahren.

Die liebe Mama schob natürlich die
Verantwortung weiter. Obwohl sie beim
ersten Versuch keine Auskunft erhalten
hatte, nahm sie einen weiteren Anlauf
und rief wieder beim Personalbüro des
Werkes in Graz an. Die müssten doch
wissen, ob er sich in Chicago
aufhielt, ob sein Aufenthalt in den
USA verlängert wurde.

Wieder nur die freundliche Stimme, die
sagte, dass alles unter Datenschutz
fiele und deshalb keine Auskunft
erteilt würde. Was konnte sie noch
unternehmen? Die Vermisstenanzeige
müssten die Eltern von Michael
erstatten, er wohnte noch offiziell
bei ihnen. Sie kannte leider keine
Freunde oder Arbeitskollegen von
Michael. Sie gingen nur gemeinsam zu
zweit oder er alleine aus.

Kapitel 3

New York 11. September 2001

Michael empfand im Nachhinein den 11.September als seinen Schicksalstag.

Die Elf, seine Zahl, und dieses grausige Verbrechen sollten ihn aber trotz all dem Schrecken wie Phönix aus der Asche auftauchen lassen.

Er war wie berauscht gewesen von der Glitzerwelt der Stadt und deren Möglichkeiten. Am liebsten hätte er vierundzwanzig Stunden im Spiel-Casino verbracht. Obwohl, oder gerade weil er gestern zuerst gewonnen und anschließend alles verloren hatte. Ein einziger Hundertdollarschein als Reserve war noch sein Besitz, den er vorsorglich im Schuh „geparkt" hatte.

Wie er in diese Lage gekommen war,
dazu hatte er keine Zeit, um sich
darüber den Kopf zu zerbrechen.

In einigen hellen Augenblicken
erinnerte er sich an den elften
September. Die Nacht zuvor hatte er in
einer Bar zufällig einen deutsch
sprechenden Amerikaner getroffen. Sie
unterhielten sich, Michael berichtete
von seinem eigentlichen Reisezweck. Es
kam wie es kommen sollte, sie landeten
hinter der Bar in einem Raum, in dem
gepokert wurde. Er gewann anfangs aber
dann verlor er alles, auch seine
Kreditkarte wurde leer geräumt. Wie er
um fünf Uhr morgens in sein Hotelbett
gekommen war, wusste er nicht.

Jedenfalls wurde er am Morgen von
einem fürchterlichen Knall geweckt. Er
blickte aus dem Fenster und sah in
einiger Entfernung Feuer und Rauch.
Benommen ließ er sich wieder ins Bett
fallen.

Fürchterliche Kopfschmerzen plagten
ihn und verhinderten jeden weiteren
Gedanken, warum es diese Explosion
gab. Da läutete sein Handy.

Marisa wollte wissen, wo er sich befindet, denn sie hatte gehört, dass ein Flugzeug direkt in das World Trade Center abgestürzt sei.

„Mach dir keine Sorgen, ich bin einige Blocks entfernt. Oh, mein Gott!" Er meinte mit diesem Ausruf eigentlich seine fürchterlichen Kopfschmerzen. Marisa interpretierte diesen Satz allerdings anders: als Demonstration einer unmittelbaren Gefahr.

Er wollte mit Marisa kein weitergehendes Gespräch führen und unterbrach die Verbindung. Wenn sie wüsste, dass für ihn schon in der vergangenen Nacht und nicht erst heute der absolute Alptraum begonnen hatte!

Er müsste zurzeit schon Richtung Kennedy-Airport unterwegs sein, um nach Chicago zu fliegen, aber wie sollte er das ohne Geld, er hatte alles verspielt. Nur die Goldmünzen, die er aus Marisas Bankschließfach heimlich entnommen hatte, waren noch in seiner Reisetasche. Und einige Unterlagen für das Werk in Toronto harrten ihrer Bestimmung. Er hatte sie vorsorglich in seinem Schließfach beim Flughafen deponiert. Er wollte diesen Einsatz für ein großes Spiel verwenden, um damit reich zu werden. Sein Traum wäre es, ein ganz großes Geschäft aufzuziehen. Konkrete Pläne hatte er nicht, doch er dachte blauäugig, er würde die richtigen Kontakte knüpfen, Gold besaß er ja und Gold übt ja immer eine magische Anziehungskraft auf Menschen aus.

Das Heulen der Sirenen drang immer lauter und eindringlicher in seine Ohren und dumpfes Knallen im Hintergrund schmerzte in seinem Kopf. Er brauchte dringend einen Espresso. Vielleicht konnte er sich aus dem Automat einen Becher holen. Er ging ein Stockwerk tiefer in die Lobby des Hotels und sah die Leute, die sich voller Neugier um die Rezeption drängten und erfahren wollten, was geschehen sei. Von draußen dröhnten die Feuerwehrsirenen immer schriller. Trotz alldem, ohne Kaffee konnte er momentan nicht existieren. Mit dem heißen Becher in der Hand stellte er sich zu den anderen Gästen.

Es hieß, niemand durfte das Hotel verlassen. Was nun, er hatte bis heute das Hotelzimmer bezahlt, wie sollte er die leere Kreditkarte erklären?

Eine Hand berührte von der Seite seine Schulter. Guten Morgen, hast du gut geschlafen? Schrecklich dieser Unfall. Niemand weiß, warum das Flugzeug in den Tower gestürzt ist.

Michael drehte sich um und erblickte seine Bekanntschaft von gestern. Heute hatte er das Aussehen eines seriösen Geschäftsmannes im tadellosen grauen Kaschmiranzug. Gestern, mit Lederjacke und Jeans erweckte er kumpelhaftes Vertrauen, heute wirkte er distanziert.

Michael nippte an seinem Espresso, um Zeit zu gewinnen. Leider geht es mir gar nicht gut, die haben mich letzte Nacht abgezockt, ich bin pleite. Eigentlich müsste ich schon im Flieger nach Chicago sitzen, aber ich denke die Flughäfen sind gesperrt.

Der unbekannte Freund antwortete:" Komm, setzen wir uns in die Bar, wir benötigen etwas zur Stärkung, auch wenn dahinter die Welt untergeht. Ich glaube, ein guter Scotch ist jetzt das Richtige für uns."

Sie setzten sich, und Michaels Katzenjammer besserte sich ein wenig nach ein paar Doppelten.

„Michael, du kannst mich übrigens, so wie gestern, Jack nennen, du hast etwas in deinem Gepäck, auf das meine Geschäftspartner scharf sind. Du hast Unterlagen einer Firma bei dir, die uns interessieren. Gib uns diese Unterlagen und deine Geldsorgen sind für einige Zeit Geschichte."

Michael war schockiert. Woher wusste Jack von seinen geheimen Unterlagen. Hatte er selbst gestern in seinem Rauschzustand zu viel geplaudert?

Ich kann das nicht hergeben, das Unternehmen wüsste sofort, dass ich die Unterlagen verkauft hätte.

„Du hast keine Wahl, denn wenn deine Arbeitgeber erfahren, dass du ein Spieler bist und sogar geheime Geschäftsunterlagen verkauft hast, ist dein Job ohnehin verloren. Aber, und jetzt hör genau zu: Du erhältst von uns einen amerikanischen Pass mit einem neuen Namen und ein gewisses Startkapital. Einen Michael Faber gibt es dann nicht mehr. Der ist am 11. September tödlich verunglückt."

Während Jack ihn mit einem freundlichen Lächeln ansah, schauten seine eiskalten Augen ins Leere. Der nette Kumpel vom Vorabend, der ihn heute erpresste, war ein anderer. Und er selbst wird wohl auch bald ein anderer sein. Für Michael Faber bedeutete dies das Ende, der Tod war ihm gewiss.

Zur gleichen Zeit stürzte das zweite Flugzeug in den Zwillingsturm. Die Welt ging unter

Kapitel 4

N.Y. 25.10.2001   John Denver

Jetzt, fünf Wochen danach, befand er sich nicht in Chicago wie vorgesehen.

Es existierte kein Michael Faber auf Bildungsreise mehr.

Diese Person hatte sich im Feuer der Katastrophe aufgelöst, sein Pass war angeblich mit verbrannt. Michael war über Nacht zum amerikanischen Staatsbürger mutiert. Jetzt saß er als John Denver am Spieltisch in einem illegalen Spielcasino in Brooklyn. Diese Casinos zogen ihn an, wie die Motten das Licht. Die verrauchte Bar im Hinterhof war nur spärlich beleuchtet, die dunkle Holztäfelung wies an einigen Stellen abgeblätterte Flecken auf, wahrscheinlich durch den Schlag eines Barhockers. Das bunte

Neonlicht flackerte rhythmisch im Takt der Musik, ein Kontaktfehler im Kabel könnte die Ursache sein.

Ein paar Gleichgesinnte befassten sich schon Stunden mit Poker. Er kannte nicht ihre Namen, wollte sie auch nicht kennen und trotzdem setzte er sich zu ihnen, trank Bier und setzte seine letzten Dollars ein.

Er hatte eigenartiger Weise eine Glückssträhne. Momentan belief sich sein Gewinn auf fünfundzwanzigtausend US-Dollar. Bis gestern hatte er nur verloren und ein einziger Hunderter als Reserve war sein Besitz gewesen den er vorsorglich im Schuh „geparkt" hatte.

Das war offensichtlich sein Lieblingsversteck. Warum er in diese missliche Lage gekommen war, darüber wollte er sich nicht den Kopf zerbrechen. In einigen, seltenen, Augenblicken sehnte er sich zurück in die Steiermark, zu Marisa und an sein altes, solides Leben als Michael Faber. Jetzt hieß er John Denver und an diesen Namen musste er sich erst

gewöhnen. Er reagierte oft nicht, wenn
er mit John angesprochen wurde.

Gerade jetzt hatte er wieder einmal
einen hellen Moment. Sein Gegenüber am
Spieltisch forderte ihn auf, zu
verdoppeln. No,I am ready. Sehr
vernünftig, er war fertig, also für
heute Schluss. Er war satt und hatte
genug von New York-City.

Sein nächstes Ziel sollte Atlantic
City sein. Es war zwar nicht das
begehrte Traumziel in seinen
Vorstellungen, denn die Casinos dort
hatten angeblich schon bessere Zeiten
hinter sich, aber die Zimmerpreise der
Hotels konnte er sich für einen
längeren Aufenthalt leisten. Das
Atlantic Club Hotel bot Zimmer um 19
bis 40 US-Dollar pro Nacht an. John
hoffte, so wie jeder Spieler, auf den
ganz großen Gewinn.

Er fuhr gemeinsam mit anderen
Glücksrittern mit einem Spielerbus
Richtung Atlantic City. Die Sitze im
Bus wirkten schon sehr benützt und
zerschlissen, aber der Fahrer, dem
Aussehen nach indischer Herkunft,

sprach seine Fahrgäste mit perfektem Eaton-Englisch an. John verstand nur einen Bruchteil, trotzdem konnte er inzwischen den Ami-Slang vom perfekten Schul-Englisch unterscheiden.

Während der Fahrt fielen ihm erstmals die holprigen Autobahnen auf. Mit einem Schlag war für ihn der Glanz Amerikas verschwunden.

Wurde er mit der Zerstörung der beiden Türme nicht auch selbst vernichtet? Ein Loch in der Fahrbahn beutelte Fahrer und Gäste tüchtig durcheinander. Mit diesem fiel auch John in eine tiefe Schwermut.

Zum ersten Mal seit Wochen dachte er über sein Leben nach. Was hatte er getan? Wegen seiner dummen Spielsucht hatte er seine Identität verloren, seine Seele verkauft. Für einen Pappenstiel! Was fängt er mit einem amerikanischen Leben an, er sprach ja nicht einmal perfekt die Landessprache. Die paar Tausend Dollar, die er in der Tasche hatte, reichten höchstens für ein paar Wochen, und dann? In seinen Beruf

zurückkehren, ok, das wäre gut, aber
wo?

„Ich wünsche Ihnen einen schönen
Aufenthalt und viel Glück im Spiel,
freue mich, dass Sie mich als Gast
beehrten!"

Welche fernöstliche Höflichkeit!
Verwirrt kam er wieder ins Jetzt
zurück. Sie waren am Ziel. Der Bus
hielt vor einem riesigen Komplex mit
farbigen Neonlichtern.

Er dachte: Im Vergleich, ein Busfahrer
in Graz würde wohl höchstens mit dem
Kopf nicken, wenn die Fahrgäste
aussteigen, in Wien würde er
vielleicht ein „Habe die Ehre!" über
die Lippen bringen und hier diese
nahezu asiatische Höflichkeit.

Zuerst ging er mit seinem Rollkoffer
in ein Mac-Restaurant, eine Cola und
ein Big Mac musste zuerst sein.
Anschließend durchforstete er das
Spielerviertel von Atlantic City. Er
hatte mehrere Hotels ins Auge gefasst.
Das nächstgelegene erschien ihm
günstig, dort bezahlte er für eine
Woche im Voraus ein Zimmer.

Anschließend fuhr er mit dem Lift in die riesige Spielhalle, stellte sich an den Automaten, und fürs erste vergaß John Denver die Stadt seiner Träume, um sich ins nächste Abenteuer zu stürzen.

November 2001   Steiermark

Marisa schlief sehr schlecht, träumte wirres Zeug und auch bei ihrer Arbeit war sie unkonzentriert. Sie brauchte dringend Ablenkung und musste dieses verzweifelte Warten auf ein Lebenszeichen von Michael beenden. Bei jedem Klingelton ihres Handys zuckte sie zusammen in der Hoffnung, endlich seine Stimme zu hören. In der Zwischenzeit hatte sie seine Eltern endlich überreden können, eine polizeiliche Suchanzeige zu machen. Die Erfolgsquote, ihn zu finden, war sehr gering, denn man vermutete, dass er doch bei der Katastrophe in New York verunglückt sei.

Die trüben Novembertage mit Dauernebel und Nieselwetter brachten Marisa auf

einen absoluten Nullpunkt. Da
entschloss sie sich, wieder einmal
einen Stadtbummel durch Graz zu
unternehmen. „Roswitha, hast du Lust
auf ein Treffen in der Stadt zu einem
Café-Plausch?" Sie benötigte dringend
die Gesellschaft ihrer Freundin. Die
allein konnte sie mit ihrer frischen
Natürlichkeit aufheitern. „Ja, wir
treffen uns um siebzehn Uhr, fahre
ruhig mit dem Zug nach Graz, ich bring
dich abends nach Hause." „Du bist ein
Schatz, mein seelisches Tief benötigt
dringend ein paar Gläschen Sekt und
vor allem deinen Trost." Den
Nachmittag erbat sich Marisa
dienstfrei und fuhr mit der Bahn um
vierzehn Uhr nach Graz. So konnte sie
vor dem Treffen noch einen
Schaufensterbummel genießen. Der
Grazer Hauptplatz mit dem schönen
Rathausgebäude und das Erzherzog
Johann Denkmal faszinierten sie jedes
Mal aufs Neue. Auch die Herrengasse
wurde schön langsam für die
bevorstehende Weihnachtszeit
geschmückt. Sie freute sich auf diese
Lichter wie ein kleines Kind. Während
sie die Schaufenster betrachtete, kam

ihr plötzlich der Gedanke, in die
gegenüberliegende Bank zu gehen. Sie
wollte wieder einmal ihren geerbten
Schatz im Schließfach begutachten. Sie
hatte ja ihren Ausweis dabei und das
Kennwort, das noch dasselbe ihrer
Großeltern war, von denen sie dieses
Schließfach übernommen hatte, war ihr
bekannt. Die Bankangestellte war sehr
freundlich und geleitete sie in den
dafür bereitgestellten Raum und ließ
sie dann allein. Zögernd öffnete sie
das Fach, die Wertpapiere, die sie
selber deponiert hatte, waren
vorhanden, aber…..Ihr blieb vor
Schreck fast das Herz stehen. Die
Schatulle mit den Goldmünzen war leer.
Das war doch unmöglich! Ein
Bankschließfach war doch eine sichere
Angelegenheit. Da hatte doch niemand
Zutritt, der nicht das Kennwort
wusste, und das war doch einzig allein
sie. Sie holte verzweifelt die
Bankbeamtin und zeigte ihr die Misere
an. Diese reagierte ruhig und gelassen
und erklärte, sie könne nachsehen,
wann immer dieses Schließfach und für
welche Person es geöffnet wurde. Sie
holte eine Liste und tatsächlich,

Marisa selber hatte das letzte Mal am
26. Juni dieses Jahres Einsicht
genommen. Sie erinnerte sich, dass sie
damals in Begleitung von Michael hier
gewesen war. Sie hatte ihm ihr
Geheimnis verraten. Die Nacht zuvor
fiel sehr leidenschaftlich aus, und er
sagte damals, er könne sich eine
gemeinsame Zukunft mit ihr schon
vorstellen. Im Überschwang der Gefühle
schmiedete sie mit ihm Pläne für eine
größere Wohnung. Sie erinnert sich
auch noch, dass sie damals dringend
die Toilette aufsuchen musste, also
ließ sie für ein paar Minuten ihren
Michael allein im Tresorraum der Bank.
Und Gelegenheit macht offensichtlich
Diebe. Hatte sie sich in ihrem Michael
so sehr getäuscht? Nur er konnte die
Schatulle geleert haben. Für Marisa
galt dieses Erbe immer als sicherer
Garant für eine Zukunft. Obwohl für
sie der Verlust des Goldes sehr
schmerzhaft war, so traf sie die
Enttäuschung über den Vertrauensbruch
noch härter. Die Bankbeamtin führte
Marisa in ihr Büro und bat sie, sich
zu setzen. „Im Interesse des Hauses
und der Glaubwürdigkeit der Sicherheit

der Einlagen unserer Kunden, bitte ich
Sie vorerst Stillschweigen zu
bewahren. Ich werde ein Protokoll
aufnehmen und dies unserer
Versicherung zur Einsicht bringen.
Aber ich kann Ihnen nicht viel
Hoffnung machen, weil Sie selber eine
fremde Person in Ihr Vertrauen gezogen
haben." Marisa schämte sich, weil sie
so dumm und vertrauensselig gewesen
war. Liebe macht blind. Das gilt
offensichtlich auch für sie. Sie
verließ zerknirscht das Gebäude und
schlenderte Richtung Jakominiplatz.

Die Auslagen der Geschäfte nahm sie
kaum wahr. Kein noch so entzückender
Schuh, den sie normalerweise sofort
probiert hätte, konnte sie aus ihrer
Trübsal heraus bringen. Das Dorotheum-
Auktionshaus war als Treffpunkt mit
Roswitha vereinbart worden. Sie ging
direkt auf das Gebäude zu. Ihre
Freundin dürfte schon vor Ort sein,
denn Marisa hatte sich ein wenig
verspätet. Roswitha war ja ständig auf
der Suche nach irgendwelchen
Kunstschätzen, seien es Bilder oder
Dekorationsstücke, um ihre Villa
aufzuwerten. Ihr Geschmack und ihr

Gespür für wirklich Wertvolles, das sich lohnt zu ersteigern, waren fast vergleichbar mit der Nase eines Trüffelhundes. Kaum hatte Marisa das Auktionshaus betreten, sah sie ihre Freundin mit einem Angestellten ein riesiges Bild betrachten und heftig gestikulieren. „Hallo, Marisa, gut dass du schon da bist, was würdest du bei Betrachtung dieses Bildes empfinden?"

Topgestylt wie immer, mit einem lila Kostüm und einer giftgrünen Bluse und gleichfarbigem Schuh war es für Roswitha ein selbstverständliches Outfit. Marisa hätte niemals diese Kombination gewagt, aber bei Roswitha sah immer alles umwerfend aus. Sie gesellte sich in angemessenen Abstand zu den beiden und das Bild zeigte ein riesiges rotes Etwas. Was sollte sie sagen, um nicht gänzlich ungebildet zu erscheinen. Sie erkannte natürlich die provokante künstlerische Darstellung des Blutbildes des dafür bekannten Künstlers. Sie selber verabscheute seine Kunstrichtung. Es konnte schon sein, dass er ein begnadeter Meister ist, wie ihn seine speichelleckenden

Kritiker beschrieben, aber er wurde
erst richtig berühmt wegen seiner
Blut-Schüttbilder. Eine Gesellschaft,
die sonst keine Grenzen sieht, nimmt
dieses Neue mit großem Getöse auf.
Weil er sämtliche Gesetze von Moral
und Ethik überschritt, wurde er als
bedeutender Künstler gefeiert.
Nebenbei brachte ihm dieses Spektakel
Millionen ein. „Also ich bin sicher
nicht die Kunstkennerin, die das
beurteilen kann. Aber du hast mich
gefragt, was ich empfinde und ich kann
dir als Freundin nur ehrlich
antworten: Ekel und Entsetzen." Der
Auktionator wollte darauf etwas
antworten, schaute Marisa abfällig an,
aber Roswitha kam ihm zuvor. „Liebe
Marisa, danke für deine ehrliche
Meinung. Mir persönlich gefällt es ja
auch nicht, aber mein lieber
Göttergatte möchte es unbedingt in
seiner Kanzlei hängen haben. Er meint,
es würde den Empfangsraum unheimlich
aufwerten." „Unheimlich, da hast du
recht, " antwortete Marisa.

Roswitha wandte sich wieder dem
Angestellten zu und sagte: „Bitte
lassen Sie dieses Bild in die Kanzlei

meines Mannes bringen. Die Adresse haben Sie, er ist doch Stammkunde bei Ihnen." „Selbstverständlich, gnädige Frau, er kann es vorerst eine Woche auf Probe haben, falls es ihm zusagt, wird es verrechnet." „Danke, bis zum nächsten Mal." Roswitha reichte ihm gnädig die Hand, die er mit einer leichten Verbeugung küsste. Für Marisa hatte er nur ein leichtes gnädiges Kopfnicken übrig.

„So, Marisa, nach der Arbeit kommt das Vergnügen. Willst du dich im Haus ein wenig umsehen? Es gibt da oft wunderschönen alten Schmuck, richtige Feinheiten." „Nein, Roswitha, vielen Dank aber ich brauche dringend den Rat meiner Freundin." „Komm, wir gehen in die Altstadt, gleich hinter dem Hauptplatz gibt es ein spanisches Lokal, klein aber fein. Da sind wir sicher ungestört." Nach einem guten Steak und einem Glas spanischem Rotwein erzählte Marisa vom Verlust ihres Goldschatzes und dem Verdacht, Micheal wäre der Dieb.

„Ich habe heuer ein ganz schreckliches Jahr! Zuerst verunglückt mein Michael, und nun glaube ich, dass er mich nie geliebt hat und ein unehrliches Spiel mit mir getrieben hat. Die Trauer verwandelt sich nun in Wut und Enttäuschung. Was soll ich tun, ich weiß nicht mehr weiter? " Tränen rannen über Marisas runde Wangen und bildeten mit der Wimperntusche eine schwarze Spur. Sie sah wirklich erbärmlich aus. „Es ist noch nicht bewiesen, ob er tatsächlich eines der Opfer in New York war, es gibt so viele Möglichkeiten. Vielleicht hatte er nur ein Blackout und ist doch noch in den USA. Und dass er dich bestohlen hat ist ja auch nur eine Vermutung." Die Freundin wusste immer wieder Trost mit ihrer fröhlichen Ausstrahlung.

„ He, da fällt mir gerade ein, wir haben einen guten Freund aus unserer Studentenzeit in New York. Mein Mann ist noch immer im Kontakt mit ihm. Er ist für den Sicherheitsdienst bei Staatsempfängen bei der UNO in N.Y. zuständig. Wer, wenn nicht er, kann Licht in das Dunkel um deinen Michael bringen." „Lieben Dank, Roswitha, wenn ich dich nicht hätte, ich wüsste nicht was…" Roswitha brachte ihre Freundin

Marisa nach Hause und diese legte sich nach einem ausgiebigen Bad gleich ins Bett. Dass endlich Bewegung in diese verfahrene Sache kam, tröstete sie sehr. Morgen wollte sie wieder wie immer ausgeschlafen und mit Freude zur Arbeit kommen. Die letzten zwei Monate waren in ihrem Leben eine einzige Ungewissheit.

Atlantic City

John Denver logierte zur selben Zeit in einem etwas einfacheren Motel in Atlantic City. Eine Woche musste im Voraus bezahlt werden. Der einzige Komfort bestand darin, dass mit dem Lift direkt vom Gang aus die Spielstätten erreichbar waren. Wenn man es schaffte, konnte das Vergnügen rund um die Uhr genossen werden. Im riesigen Gebäude befanden sich mehrere Spielhallen, die ersten drei Tage verbrachte er jeweils vierzehn Stunden vor einem Spielautomaten. Er gewann und verlor, er gewann und verlor.

Dieser Rhythmus drehte sich wie die Zeiger einer Uhr. Am vierten Tag blieb er im Bett liegen, so erschöpft war er. Nach diesem Marathonspiel hatte er sich vom Supermarkt eine Flasche Whisky, drei Dosen Bier und einen Hamburger gekauft und alles mit einer Aktentasche auf sein Zimmer gebracht. Während des Spielens vergisst er immer auf Essen und Trinken. Nun war er ausgelaugt, lag auf seinem Bett und dachte daran, wie er in diese teuflische Sucht geraten war.

Die Wurzel des Übels lag wohl in seiner Kindheit. Die ersten Jahre verliefen ja noch relativ unbeschwert, obwohl der Vater ein etwas penibler und herrschsüchtiger Typ war. Er konnte seinen Militär Drill auch zu Hause nicht ablegen. In den ersten Jahren merkte Michael davon nicht viel, weil sein Vater bei den UNO-Soldaten Dienst machte und oft monatelang nicht zu Hause war. Die Mutter war in einer Klosterschule aufgewachsen und dementsprechend bigott und zusätzlich sauberkeitsfanatisch. Kein Staubkörnchen konnte ihr entkommen.

Trotzdem war Michael ihr persönlicher
Engel, den sie mit solch zuckersüßer
Liebe übergoss, dass diese an ihm
klebte und ihm jede Bewegungsfreiheit
nahm. Deshalb hatte er auch keine
Freunde, denn wer will schon mit so
einem verhätschelten Monster spielen.
Ganz schlimm wurde es dann, als er mit
vierzehn in die Pubertät kam. Er war
nun ein dickes Kind und seine Mutter
hätte ihn am liebsten in der
Berufslaufbahn als Priester gesehen.
Der Vater wiederum sah in ihm den
zukünftigen Polizeidirektor. Für Gott
und Vaterland – welch herrliches
Klischee. Ob Michael diese
Berufswünsche teilte, darüber wurde
nicht nachgedacht.

Es war bei einer Klassenfahrt. Er
besuchte damals die vierte Klasse des
Keplergymnasiums in Graz und
eigentlich sollte er auf Wunsch der
Mutter ins Bischöfliche Gymnasium
wechseln. Davor fürchtete er sich.
Zwei Professoren begleiteten die
Schüler nach Wien. Unter anderem war
auch der Besuch des Technischen
Museums vorgesehen und da war er
hellauf begeistert von all den

Ausstellungsstücken. Da wagte er sich endlich einem Klassenlehrer anzuvertrauen und ihn zu bitten, seine Eltern zu überzeugen, dass er wegen seiner technischen Begabung auch einen technischen Beruf erlernen sollte. Mathematik und Physik waren auch seine Lieblingsfächer. Beim nächsten Elternsprechtag wurde von diesem engagierten Lehrer den Eltern dringend nahegelegt, den Michael in die Höhere Technische Lehranstalt zu schicken. Dem Vater war es recht, denn nach erfolgreichem Abschluss der HTL hätte er noch größere Chancen beim Staat Karriere zu machen, die Mutter musste nachgeben. Seinen Wünschen entsprechend wechselte er in die Höhere Technische Lehranstalt. Dort erwartete ihn leider eine noch härtere Prüfung. Mit seinen Mitschülern hatte er so seine Schwierigkeiten. Sie hänselten ihn immer wieder und er hatte bald mehrere Spitznamen, wobei „Strebi" wegen seiner guten Noten noch das humanste war. Sie klebten Kaugummi auf seinen Sessel und ließen sich auch andere Bösartigkeiten einfallen, besonders wenn Mädchen in der Nähe waren. Er hatte nie gelernt, sich in einer Gemeinschaft zu behaupten und trotzdem beschäftigte ihn sehr häufig der Gedanke, wie er sich endlich Respekt bei seinen Mitschülern verschaffen könnte. Klaus, der Anführer der Mobbing-Gruppe, prahlte immer wieder, dass er sämtliche Kartentricks beherrsche. Er war ein hässlicher, mit unzähligen Pickeln übersäter Junge mit bösartiger Phantasie, wenn es darum ging, einem Schwächeren wie Michael, einen Streich zu spielen. Die einzige Möglichkeit, diesen Klaus endlich von seinem Thron zu stürzen, war, ihn beim Kartenspiel zu besiegen. Die nächste Zeit verbrachte Michael auf seinem Zimmer. Dort erlernte er heimlich viele Kartentricks. Als er sich sicher fühlte, trat er in der Pause zu der Gruppe seiner Kontrahenten. Auch die hübsche Helga war dabei. Er hörte, wie sie sich darüber unterhielten, in welche Disco sie am Samstag gehen wollten. Er forderte Klaus auf, mit ihm zu pokern. Dieser sagte: „Du Weichei, glaub ja nicht, dass du gegen mich eine Chance hast. Um welchen

Einsatz willst du spielen?" Michael antwortete: „Wenn ich gewinne, nehmt ihr mich am Samstag mit in die Disco und ich tanze mit Helga." Helga kicherte und fühlte sich geschmeichelt, dass um sie gepokert wurde. So begann das Spiel der beiden. Die erste Runde verlief unentschieden. Plötzlich spürte Michael ein wohliges Kribbeln in seinem Körper. Es war wie ein Rausch. Ihm war vollkommen egal, ob er gewinnt oder verliert. Wichtig war nur das Spiel selbst. Und er gewann! Dass er den Stärksten in der Klasse geschlagen hatte, war ein unheimlicher Erfolg. Er wurde nicht mehr gemobbt oder belächelt. Er war der Spielerkönig, der Herzkönig. Bei jeder Gelegenheit stellte er sich dieser Herausforderung und er gewann fast immer. Aber nach dem Sieg kam die Ernüchterung. Er hatte ja um die Disco Queen Helga gepokert. Das brachte gleich mehrere Probleme mit sich. Erstens war er viel zu schüchtern, um mit der schönen Helga zu tanzen, zweitens, wie sollte er den Eltern erklären, dass er spät nachts in der Disco verabredet war. Die erlaubten

ihm das nie und nimmer! Es gab nur
eines. Er könnte sich heimlich am
Samstagabend fortschleichen, doch wie
kommt er wieder unbemerkt in die
Wohnung? Er stand vor einem Dilemma
und wusste keinen Ausweg. Da half ihm
das Schicksal. Am Freitag hatte er
Bauchschmerzen und Durchfall und kam
kaum aus der Toilette. Seine Mutter
versorgte ihn mit Tee und er blieb
auch der Schule fern. Fürs erste war
er gerettet. Aber nur, wenn er auch am
Samstag noch „krank" war. Es war ein
leichtes, seine Eltern von seiner
Samstagskrankheit zu überzeugen und
gleichzeitig hatte er einen genialen
Plan. Er holte seinen Gegenspieler ans
Telefon und erklärte ihm, er schenke
ihm den Siegespreis. Dieser freute
sich über die Großzügigkeit von
Michael. Er war gerettet!

Er lag in Atlantic City im Hotelbett
und konnte nur mehr über die
Raffiniertheit von damals schmunzeln.
Er hatte bald darauf gelernt mit
vielen Tricks andere Menschen hinters
Licht zu führen. Auch wenn er in den
Augen seiner Mutter das ehrgeizige
brave Söhnchen blieb, er wusste sich

zu helfen, sodass er in seiner Jugend
auf keine Party verzichten musste. Er
entwickelte sich auch zu einem
attraktiven jungen Mann, dem die
Mädchen hinterher liefen. Er hatte
alles unter Kontrolle, bis auf seine
Spielsucht. Das war das einzige, das
er nicht kontrollieren konnte. Der
Kick von damals, als er den
Klassenbesten schlug, und somit in der
Hierarchie über ihm stand, brachte ihn
auf diesen Weg. Diese Befriedigung
seiner Sucht war sein Fluch und sein
Untergang. Der Verlust seiner
Identität war für ihn ein hoher Preis.
Was sollte er tun, auch wenn er
unbegrenzten Aufenthalt als
amerikanischer Staatsbürger besaß. Er
täuschte auch immer wieder eine
Erkältung vor, wie sollte er sonst als
Amerikaner seine mangelhaften
Englischkenntnisse erklären. Er
verstand zwar schon recht viel, aber
mit der Aussprache haperte es noch
sehr.

Auch mit seinem neuen Namen, John
Denver, konnte er sich nicht
anfreunden, schon gar nicht mit dieser
unbekannten Person. Heute sank er

wieder auf einen Tiefpunkt voll Selbstmitleid. Obwohl er noch ein paar tausend Dollar in seiner Tasche hatte, kroch die Angst vor der Zukunft in seine Eingeweide wie ein zäher Schleim. Das gleiche Gefühl der Ernüchterung wie nach seinem ersten Sieg, alles war leer in ihm. „Morgen ist auch noch ein Tag, um nachzudenken, heute werde ich schlafen", dachte er noch und schlief tatsächlich ein. Neues Spiel, neues Glück.

Die nächsten drei Tage hatte er wieder einmal eine Glückssträhne, sodass er sich daraufhin entschloss, wieder nach New York City zu fahren. Einen Abstecher zum Flughafen wollte er wegen der Verlängerung seines Schließfaches machen. Dort hatte er ja die Reisetasche mit dem Goldschatz und den geheimen Entwicklungsunterlagen seiner Ex-Firma deponiert. Vielleicht ergab sich auch irgendeine Möglichkeit, mit einem Konzern einen Deal zu starten und wieder in seinem Beruf seine Brötchen zu verdienen. Wieder einmal hoffte er auf einen Neuanfang. Ob es ihm wie einem

Suchtkranken ging, der fest überzeugt
war, diesmal den Absprung zu schaffen,
um dann doch wieder rückfällig zu
werden? Wir werden sehen.

Etwas wehmütig verließ er Atlantic
City. Er hatte von der Stadt nicht
viel gesehen, außer den Spielhallen
und sein Hotelzimmer. Aber tagsüber,
ohne Neonlichter der Hotels, wirkte
die Umgebung auch eher nüchtern und
schmucklos. Er wollte nicht zu viel
für die Unterkunft ausgeben.
Anschließend fuhr er mit dem Taxi
Richtung City. Er erkundigte sich nach
einem Hotel in der Preisklasse von 50
bis 60 USD. Er entschied sich für den
Riverside Tower auf der Upper West
Side. Es schien hier eine sichere
Gegend zu sein, mit Blick zum Hudson
River. Der Riverside Park lag
gegenüber dem Hotel, ideal für
morgendliche Fitness-Läufe. Das
Wichtigste war, dass man in 15
Busminuten Midtown erreichen konnte.
Günstig gelegen für einen raschen
Treffpunkt mit zukünftigen
Arbeitgebern in Manhattan. Die Stadt
war im Christmas-Taumel. Überall

glitzerten und leuchteten
Weihnachtsschmuck-Kerzen und in den

Geschäften spielten rund um die Uhr
Weihnachtslieder. Obwohl die fehlenden
Türme ein riesiges Loch in die Stadt
geschlagen hatten, ging hinter der
Absperrung das Leben weiter. Er kannte
die Stadt New York nur ein paar Tage
vor dem Anschlag, doch nun kam es ihm
so vor, als ob ein wunder Hirsch ums
Überleben kämpfte. Er saß in der Lobby
des Hotels bei einem Kaffee und las
die Zeitung. Im Wirtschaftsteil stieß
er auf eine Anzeige eines großen
Industrie-Konzerns, der UNITECH. Sie
präsentierten die Neueröffnung einer
Fabrik in Arizona. Das war genau jenes
Werk, für das er sich schon vor seiner
Abreise in die Staaten interessiert
hatte. Damals sahen seine
Zukunftspläne noch anders aus. Dass
Jack, der ihm den amerikanischen Pass
verkauft hatte, dazwischen kam, war
nicht geplant. Die Akten, die er ihm
zum Austausch übergeben hatte, waren
seiner Meinung nach nicht besonders
wertvoll. Ja, es waren schon
technische Details über
Entwicklungsarbeit vergangener Jahre

darin enthalten, doch die Unterlagen, die er noch in seiner Reisetasche hatte, waren sicher viel wertvoller, weil zukunftsorientiert. Er nahm die Zeitung mit auf sein Zimmer und rief die Rezeption per Telefon an und bat um Vermittlung. „Mein Name ist John Denver. Ich möchte ein Treffen mit Mr. Bright ausmachen. Würden Sie ihm bitte ausrichten, ich hätte einige interessante Forschungsunterlagen für sein Projekt bezüglich UNITECH. Ach ja, sagen sie ihm, ich bin ein Freund von Michael Faber. Ich rufe morgen um dieselbe Zeit wieder an." In etwas holprigem Englisch, doch trotzdem in forschem Ton überbrachte er sein Anliegen. Er fügte noch hinzu, dass er gerne schon morgen den von Mr. Bright vorgeschlagenen Treffpunkt erfahren wolle, da er sich zurzeit in New York befände. Er nannte bewusst keine private Telefonnummer, falls Mr.Bright interessiert war, würde er einen Treffpunkt vorschlagen, wenn nicht, musste er es woanders versuchen. Um seine angespannten Nerven zu beruhigen, zog er seine Turnschuhe an, und joggte eine Runde im nahe gelegenen Park. Es ist höchste Zeit, etwas für meine Fitness zu unternehmen, ich keuche wie ein Walross, feuerte er sich selber an, während er neidisch zu Kenntnis nahm, dass ein grauhaariger Sportsmann, schätzungsweise um die 75 schon ihn überholte. Andere Spaziergänger wiesen die typische Burger und Pommes-Figuren auf, aber denen wollte er keinesfalls nacheifern. Jedenfalls kam er auf andere Gedanken und diese kreisten nicht pausenlos um die Frage, wie er als John Denver sein Leben gestalten wird. Er fing doch bei null an. Er hatte keinen Job, keine Wohnung, keine Freunde, keine Geliebte, die so herrlich bequem für ihn gewesen war. Müde und schweißgebadet kehrte er ins Hotel zurück. Nach einer ausgiebigen Dusche gönnte er sich beim Inder nebenan ein köstlich gewürztes Fleischgericht mit Reis, um mit einem kühlen Bier im Pub der nächsten Straße den Abend zu beschließen. Bald saß er im Hotelzimmer und schrieb eifrig am Konzept für das Treffen mit Mr. Bright.

Kapitel 5

Dezember 2001 Steiermark

Marisa hatte den Nachmittag für einen längst überfälligen Besuch bei ihrer Mutter vorgesehen. Seit dem Verschwinden ihres Freundes Michael hatte sie sich nicht mehr bei ihr gemeldet. Irgendwie scheute sie die Fragen der Mutter, was denn wirklich passiert sei. Auch dachte sie, dass diese ihre Sorgen vielleicht zu sehr belasten würden. Doch nun konnte sie den Besuch nicht noch länger verschieben. Es war gar nicht weit zu fahren. Michaels Auto stand noch zur Verfügung. Wie lange durfte sie es noch behalten, wenn kein Lebenszeichen von ihm kam? Vorläufig war sie nicht gewillt, dieses bequeme Fahrzeug abzugeben. Schließlich war ihr Verlust doch viel grösser. Der frostige Winternachmittag erinnerte Marisa während der Fahrt nach Gratwein, dass

bald das Weihnachtsfest nahte. Sie
hätte diese Zeit heuer fast nicht
wahrgenommen. Diesmal wird sie den
Weihnachtsabend mit ihrer Mutter
alleine feiern, falls Mama nichts
anderes vorhatte. Die Natur war mit
Raureif eingepackt und vermittelte
eine eigene Stille. Wenn nicht die
Sorge um ihren vermissten Michael
gewesen wäre, könnte sie dies richtig
genießen. Doch im Hintergrund blieb
immer dieser bohrende Schmerz.
Traumhaft schön wäre diese
Winterlandschaft, die Bäume weiß
überzuckert, der Mur-Fluss sich
langsam durch dieses verzauberte Tal
den ewigen Weg nach Süden sich
bahnend. Normalerweise hätte sie
diesen Anblick genossen, doch seit
Monaten umklammerte sie eine Trauer
mit kaltem Griff.

Das Haus ihrer Mutter lag etwas
außerhalb von Gratwein mitten in der
Natur. Die Sonne schien morgens in die
Küche und abends wenn sie unterging
konnte man sie noch vom Balkon aus
genießen. Marisa verbrachte ihre
Kindheit und Jugendzeit hier im ersten
Stock des Hauses. Dort war auch noch

ihr Zimmer so wie sie es verlassen hatte. Eine rosafarbige Tapete und die Bilder aus der Bravo-Zeitschrift erinnerten an ihre Schwärmereien. Einzig Mamas Staffelei und ihre Mal-Utensilien hatten hier Einzug gehalten.

„Du kennst ja unser Häuschen, es ist sehr klein, Abstellraum gibt es nicht, so habe ich dein Zimmer dafür ausgeliehen." Mit diesen Worten entschuldigte sich ihre Mutter.

„Du könntest das Zimmer doch für dich als Arbeitsraum herrichten", war die Antwort Marisas. Sie hatte doch nicht vor, jemals wieder in ihr Kinderzimmer zu ziehen, obwohl es viele schöne Erinnerungen barg.

Ihre Mutter lebte allein in dem Haus und obwohl es nicht sehr groß war, steckte viel Arbeit dahinter um es einigermaßen in Ordnung zu halten. Eigentlich war es seinerzeit ein kleines Wochenend-Domizil ihrer Großeltern gewesen, die in Graz ein Haus mit dazugehörigem Uhren- und Goldschmuckgeschäft besaßen. Leider

hatten sie alles im Krieg verloren,
sie waren ausgebombt und mussten sich
mit ihrer Tochter in das Landhäuschen
zurückziehen. Der Großvater konnte
diesen Verlust nie überwinden, vor
allem weil die Großmutter bald darauf
gestorben war. So blieb ihm nur die
Tochter Maria, die Mutter von Marisa.
Er finanzierte den Haushalt mit Uhren-
Reparaturen und seiner kleinen
Invaliden-Rente. Ab und zu erhielt er
einen Auftrag eines alten Kunden, die
seine Goldschmiede-Kunst schätzten.
Marisas Mutter besuchte die Schule für
Höhere Frauenberufe. Das war alles was
der Großvater der Tochter aus gutem
Haus, wie er es nannte, auch
zugestand. Einen Beruf durfte sie
nicht erlernen. Sie sollte doch
standesgemäß verheiratet werden.
Marisas Ankunft an diese Welt machte
aber die Pläne des Großvaters
zunichte. Denn welcher Mann heiratet
eine Frau mit einem ledigen Kind? Das
war damals noch die Schande des Ortes.

So übernahm Marisas Mutter die
Haushaltsführung und betreute Vater
und Kind. Den Vater von Marisa hatte
sie bei einer Tanzveranstaltung

kennengelernt und sich verliebt. In
ihrer Unschuld gab sie sich voll den
leidenschaftlichen Gefühlen hin.
Wahrscheinlich kannte sie nicht einmal
den richtigen Namen ihres Geliebten.
Obwohl Marisa keineswegs ein
Wunschkind war, so wurde sie umso mehr
von ihrer Mutter und besonders dem
Großvater liebevoll umsorgt.

Seit Marisa die Schule besuchte,
arbeitete ihre Mutter bei Roswithas
Vater als Sprechstundenhilfe in der
Praxis. Das Grundwissen der Büroarbeit
hatte sie noch von der
Frauenoberschule, Fachliteratur
vervollständigte ihr Wissen und so
avancierte ihre Mutter zu einer
beliebten Fachkraft in der Arztpraxis
des Ortes. Das sicherte ein kleines
Einkommen und ihre Pension. Heimlich

wurde oft gemunkelt, dass Marisas
Mutter auch die Geliebte des Arztes
sei. Wie auch immer, Marisa wuchs in
einem vaterlosen Haus auf.

Sie dachte an ihren geliebten
Großvater, als sie bei ihrer Mutter
bei einer Tasse Tee in der Küche saß.
Noch immer war er irgendwie präsent.
Der stattliche Mann mit dem grauen
dichten Haar, der am Schreibtisch
sitzt. Die Lupe und feines Werkzeug
vor sich und eine in sämtliche
Bestandteile zerlegte Uhr. Diese
zeigte bald darauf auf wundersame
Weise wieder sekundengenau und in
voller Schönheit die Zeit.

Als wäre es gestern gewesen, so sah
sie ihren Großvater vor sich. Als er
ihr zu ihrem 18. Geburtstag ein ganz
besonderes Geschenk überreichte. Er
nahm sie mit nach Graz und zeigte ihr
den Goldschatz im Bankschließfach. Zu
Hause erzählte er ihr dann die
dazugehörige Geschichte.

„Meine geliebte Enkeltochter Marisa,
ich übergebe dir dieses Erbe für deine
Zukunft. Diese Goldmünzen bedeuteten

für mich etwas ganz Besonderes. Nicht, weil sie so wertvoll sind, das natürlich auch. Aber wie ich in den Besitz dieser Münzen kam, ist eine schöne, aber traurige Geschichte einer großen Freundschaft. Du weißt dass wir in Graz in der Raubergasse ein Uhrengeschäft besaßen. Goldschmuck war nur ein Nebengeschäft von uns. Aber mein bester Freund, der Samuel Goldmann hatte gegenüber von uns ein Antiquitätengeschäft mit wertvollen alten Möbeln und Zinnbechern. Er war bekannt als Experte antiker Münzensammlungen. Einmal wöchentlich trafen wir uns zum Schachspiel im Hinterzimmer des Landhauskellers. Ja, damals waren die Zeiten noch ruhig. Aber irgendwie brodelte es im Untergrund. Dann kam es wie ein Knall. Die sogenannte Kristallnacht. Die Schaufenster meines Freundes wurden von den Bestien zertrümmert und Sau-Jude auf seine Tür geschmiert. Er kam mitten in der Nacht zu uns mit seiner Frau und zwei Koffer in der Hand. Er bat mich, ihm zu helfen. Er hatte vor, mit seiner Frau so schnell als möglich das Land zu verlassen. Er brauchte

Bargeld. Denn er besaß wohl wertvolle Antiquitäten, doch um schnell ins Ausland zu flüchten, dazu hatte er zu wenig Zeit um Bares aufzutreiben. Ich kratzte alles zusammen, was möglich war. Deine Großmutter lieh sich von ihrer Schwester Bargeld aus. Sie sagte, eine Uhrenlieferung müsste dringend bezahlt werden. So fuhren wir gemeinsam mit meinem Automobil nach Innsbruck zum Bahnhof. Dort löste ich Fahrkarten nach Bern. So gelangte er hoffentlich noch rechtzeitig vor dem Anschluss in die Schweiz. Ich sehe noch heute seinen Bart zittern, als er mir zum Abschied ein kleines in Zeitungspapier gewickeltes Päckchen übergab und sagte: Dieser Inhalt ist sicher zweitausend Jahre alt. Es soll dir Glück bringen, als Dank für deine Hilfe. Drinnen waren diese Goldmünzen aus der Zeit von Carausius. Damals sagte ich, wenn du wiederkommst, kannst du sie zurück kaufen, wir machen mit dir nur faire Geschäfte. Er sah mich mit traurigen Augen an. So Gott will, wir werden sehen. "

Großvater hatte Tränen in den Augen als er Marisa diese Geschichte erzählte. Sie fragte: „Hast du nach dem Krieg von deinem Freund etwas erfahren? Ist ihm die Flucht gelungen, haben er und seine Frau überlebt?"

„Natürlich habe ich nach dem Krieg versucht, ihn wieder zu finden. Aber was glaubst du wie viele Samuel Goldmann es gibt auf dieser Welt? Das wäre dasselbe, wie wenn man in Deutschland einen Jochen Müller suchen müsste, ohne die Adresse zu kennen."

Daran musste Marisa jetzt denken, auch dieser Samuel wurde nicht wieder gefunden, ob es ihr mit Michael gleich erging?

„Marisa, du bist so abwesend, was ist los mein Kind?" fragte ihre Mutter. „Ach, ich musste gerade an Großvater denken, er fehlt uns sehr, nicht wahr"

„Ja, aber du siehst, deshalb tröste ich mich mit der Malerei",

Im gesamten Haus hingen die Werke ihrer Mutter an der Wand.

Sie hatte die künstlerische Hand des Vaters geerbt. Allerdings nicht im

Goldschmiedefach, sondern in der
Malerei. Gerne hätte sie die
Kunstakademie besucht. Die familiären
Umstände machten diesen Wunsch
zunichte. So versuchte sie
autodidaktisch ihre Leidenschaft, das
Malen auszuleben. In den letzten
Jahren, hatte sie Glück und sie durfte
bei einem bekannten Künstler in Graz
einen Kurs besuchen. Hier konnte sie
spezielle Techniken erlernen und so
wurden ihre Werke immer besser und
interessanter.

„Mama, warum gehst du mit deinen
Bildern nicht an die Öffentlichkeit,
du bist meiner Meinung nach eine so
große Künstlerin, deine Werke haben
einen so wunderbaren, warmen Ausdruck,
sie leben mit ihrer Farbigkeit." „Ach,
Kind, das findest du weil du mich
liebst, aber du kennst mich, ich will
mich niemandem aufdrängen." Marisa
überlegte, wie sie ihrer Mutter mehr
Selbstvertrauen geben könnte, denn sie
war überzeugt, dass diese Werke
wirklich reif waren für die Welt.
„Mama, mir ist gerade eine geniale
Idee gekommen, ich frage meine
Freundin Roswitha, ob sie dir die

Kontakte vermitteln kann. Ich treffe
sie in ein paar Tagen. Wir wollen den
Christkindl-Markt in Graz besuchen.
„Du kennst mich, mir liegt nichts
daran, auf Vernissagen weiß Gott wie
zu glänzen und dieses öde Gerede von
Leuten, die denken sie hätten
Kunstverständnis mit der Muttermilch
gesogen mit einem festgefrorenen
Lächeln zu kommentieren. Ich male aus
Leidenschaft und weil es mir hilft,
nicht einsam zu sein."

„Mama, du hast ja recht, du musst zum
Glück keines deiner Werke verkaufen,
doch du könntest mit dieser
wunderschönen Farbenpracht auch andere
Menschen erfreuen." Dies war ein
Argument, das ihre Mutter überzeugte.

Obwohl Marisa Kunst in jeglicher Form
bewunderte, war sie selber viel zu
nüchtern und hatte keinerlei Begabung,
aber das machte ihr nichts aus. Es ist
wie es ist. Sie liebte ihren Beruf bei
der Krankenkasse, die Zahlen hatten es
ihr angetan. Marisa schenkte sich noch
eine Tasse Tee ein. Sie brauchte Mut,
um ihrer Mutter vom Verlust zu
erzählen.

„Mama, ich habe bald keine Hoffnung
mehr, dass ich Michael jemals
wiedersehen werde. Ich bin deshalb so
lange nicht bei dir gewesen, ich
wollte dich nicht mit meinen Sorgen
belasten." „Marisa, ich bin doch deine
Mutter! Mir ist es wichtig, wenn du
mit deinen Problemen zu mir kommst.
Aber bist du wirklich sicher, dass er
in New York verunglückt ist?"

„Das ist es ja, was so zermürbend ist,
diese Ungewissheit. Und nun kommt noch
etwas Schlimmes hinzu. Großvater hat
mir das Bankschließfach in Graz mit
den Wertpapieren und den Goldmünzen
geschenkt, bevor er starb. Das sind
doch diese seltenen römischen Münzen,
die für ihn außer dem materiellen,
einen hohen ideellen Wert besaßen."

„Ja, das ist diese traurige Geschichte
mit seinem Freund Samuel Goldmann. Er
ließ die römischen Goldmünzen später
irgendwann einmal schätzen und wäre
fast verrückt geworden, als er den
wahren Marktwert erfuhr. Eine einzige
von diesen seltenen alten Münzen war

damals schon viel wert. Jedenfalls ein Hundertfaches, von dem Betrag, den Großvater seinem Freund für die Flucht besorgt hatte. Ja dein Großvater liebte diese Carausius-Münzen so sehr wie er dich liebte, deshalb hat er sie auch dir geschenkt und nicht mir vererbt."

„Mama, ich habe den Verdacht, dass Michael diese Münzen gestohlen hat. Er hat sie sicher nach Amerika mitgenommen. Wahrscheinlich will er sie verkaufen und in Amerika bleiben. Zuerst war ich unsagbar traurig, weil ich dachte, er sei auch in den Flammen vom elften September umgekommen. Doch nun hat sich alles in Wut und Enttäuschung gewandelt."

„Aber Kind, das ist doch nicht möglich, du hast diese wertvollen Stücke nicht bei dir zu Hause herumliegen, sondern wie Großvater im Schließfach der Bank."

„Leider habe ich ihn in meiner dummen Verliebtheit einmal mitgenommen und meinen Schatz gezeigt. Dass er so wertvoll ist, wusste ich nicht, eigentlich wollte ich sie verkaufen und damit eine Teilzahlung für eine größere Wohnung finanzieren."

„Das wäre aber nicht im Sinne deines Großvaters gewesen. Die Wohnung hättet ihr doch auch mit einem Kredit anzahlen können. Er hatte immer gehofft, seinen Freund Samuel einmal wieder zu sehen, und ihm die Carausius Münzen zurück zu geben zum gleichwertigem Betrag, den er ihm damals im Jahr 1938 gegeben hatte. Weil er das nicht erleben durfte gab er seiner Enkelin indirekt diesen Auftrag."

Es war zum Verzweifeln, Marisa fühlte sich schlecht. Sie erinnerte sich, dass ihr Großvater bei der Schenkung sagte, diese Münzen seien zu einem viel zu niedrigem Geldbetrag in seinen Besitz gekommen. Dass der ursprüngliche Eigentümer das Vorkaufsrecht besaß, hatte er nicht gesagt. Was passierte, wenn nun wirklich dieser Samuel oder dessen Erben von diesem Recht Gebrauch machen? Marisas Mutter holte aus dem Wohnzimmerschrank eine Flasche Cognac.

„Komm mein Kind, trinken wir auf
diesen Schock einen Seelentröster.
Zurzeit kannst du gar nichts
unternehmen. Wir hoffen doch, dass
sich dein Michael irgendwann selber
wieder meldet und dann auch dein
Schatz im doppelten Sinn sich wieder
findet." Marisa fragte ihre Mutter,
bevor sie wieder nach Hause fuhr:
„Nächste Woche ist Weihnachten, darf
ich zu dir kommen, Mama?"
„Selbstverständlich, und wir beide
besuchen gemeinsam die Christmette in
der Kirche von Judendorf Straßengel.
Du wirst ja ausnahmsweise wieder in
deinem Kinderzimmer übernachten, hoffe
ich."

Die Welt sah nicht mehr so düster und
grau aus.

Kapitel 6

New York Hotel Riverside Tower

Der Fitnesslauf und das für ihn
ungewöhnliche frühe Zubettgehen tat
John (Michael) gut. Er fühlte sich am
Morgen frisch und ausgeruht. Deshalb
vollzog er vor dem Frühstück sein
Fitness-Programm durch den Riverside
Park um sich nach einer erfrischenden
Dusche auf die Suche nach einem guten
Frühstück zu begeben. Dies war gar
nicht so schwer, denn im Viertel roch
es an jeder Ecke nach leckerem Essen.
Er entschied sich für einen kleinen
Bäckerladen mit einer Café-Ecke. Die
Verkäufer waren dem Aussehen nach
keine Ur-Amerikaner, sondern
chinesischer Herkunft. Er bestellte
einen Kaffee und dazu ein Sesamgebäck,
die zuckertriefenden Gebäcksorten
waren nicht seins.

Anschließend spazierte er ein wenig in
den Straßen, besorgte sich eine New
York Times und setzte sich in die

Lobby seiner Unterkunft. Er mühte sich mit der Zeitung, doch er musste so rasch als möglich sein Englisch aufpolieren. Die einfachste Art zu lernen war doch die Schrift und die Landessprache im Umgang mit Menschen. Am späten Vormittag versuchte er diesen Mr. Bright wieder zu kontaktieren. Von seinem Zimmertelefon aus bat er um Vermittlung mit dem besagten Herrn. Gespannt erwartete er das Klingeln des Telefons. Endlich war es so weit. Drei, vier, fünf, er hob nicht sofort ab. Aber dann:

„ Hier John Denver, wer spricht?"

„Hier ist Mr. Bright, ich hörte Sie kennen Michael Faber."

Mehr sagte die Telefonstimme nicht, bevor sie abwartend schwieg.

John (Michael) antwortete.

„Ja, ich kenne ihn sogar sehr gut, ich hätte ein lukratives Angebot für Sie. Zurzeit bin ich in New York, falls Sie interessiert sind schlagen Sie einen Treffpunkt vor."

„Ich logiere noch bis morgen in New York. Wenn Sie Michael Faber wirklich so gut kennen, treffe ich mich gerne mit Ihnen zu einem Drink. Ich habe ein konzentriertes Geschäftsprogramm, also in einer Stunde in der Bar des Hotel Plaza 768 th. Ave. Sie erkennen mich, ich trage ein schwarzes Sakko mit Fliege. "

„Ok, ich werde pünktlich sein."

John (Michael) zog sich rasch um, er wollte einigermaßen seriös und korrekt erscheinen. Dann begab er sich mit seinem Manuskript in der Mappe, das er am Vorabend geschrieben hatte zur Bushaltestelle. Seine Pläne und Berechnungen hatte er sorgfältig verwahrt. Vorerst musste ein grob umrissenes Konzept zum Anreiz seiner Geschäftspartner reichen. Er hatte sich am Morgen nach den günstigsten Verbindungen zur Innenstadt erkundigt und es klappte wie geschmiert. Er kam in zwanzig Minuten in der Nähe des Central Parks an. Von dort war es nur ein kurzer Weg durch den Park, und er

stand vor dem Hotel. Sehr beeindruckt
blieb er einige Minuten stehen,
bewunderte die schöne Fassade mit den
internationalen Fahnen und dem
Türsteher am Eingang.

Na hoffentlich komme ich an dem
vorbei, ohne irgendwelche Fragen zu
beantworten, dachte er. Er marschierte
forsch auf ihn zu und sagte:

„ Ich bin mit Mr. Bright verabredet."

Der lächelte ihn freundlich an, und
wies mit der Hand in eine Richtung die
alles bedeuten konnte. Entweder hieß
es, herzlich willkommen, oder aber, du
findest ihn schon irgendwo wenn du
verabredet bist.

Die Halle glich einem riesigen
Kirchenschiff. Alles glänzte golden,
die Rezeption war fast so lang, wie
ein Flughafenschalter. Zum Glück las
er links die Aufschrift Bar-Room, so
konnte er rasch seinen Schritt in
diese Richtung lenken. Als er diesen
Raum erreicht hatte, sah er am letzten
Tisch einen Mann bei einem Glas Whisky
sitzen. Er konnte nur die
Seitenansicht des Gastes sehen, ein

schwarzes Jackett mit goldenen Knöpfen und dazu ein wenig schrill eine blaue Fliege statt einer Krawatte zum weißen Hemd. Das dunkle Haar korrekt geschnitten mit grauen Schläfen, eine Sonnenbrille auf der Nase. Er saß schräg, trotzdem kam ihm dieser Mann bekannt vor, aber das war nicht möglich, bisher hatte er nur ein paar Worte mittels Telefon mit ihm gewechselt. Ob dieser Gast Mr. Bright war?

Hinter der Theke aus Mahagoniholz befand sich ein blau livrierter Barkeeper.

In diesem Hotel dürfte Blau die Arbeitskleidung aller Angestellten sein. Das Messing blitzte golden als er den Tresen entlang schritt. Gegenüber waren kleine Tische mit bequemen Polsterstühlen im viktorianischen Stil platziert.

„ Mr. Bright? Darf ich mich zu Ihnen setzen?" Sprach John (Michael)den Herrn an.

Dieser drehte sich lässig in seine Richtung, nahm die Sonnenbrille ab und schaute ihn an.

„Nehmen Sie Platz, Mr. John Denver.“

Michael fiel vor Schreck in einen der Polsterstühle. Dieser Herr war sein Bekannter vom 11. September, der ihm die amerikanische Identität verpasst hatte.

„Wie ich sehe, hast du ein wenig deine Sprache verloren, ich bestelle dir einen Whisky, dann wirst du schon gesprächiger, wie läuft das Spiel?“

Er konnte nur stottern. „Du bist Mr. Bright?“

„Ja, um genau zu sein, mein Name ist Jack Bright. Ich wusste, dass wir uns bald wiedersehen. Übrigens, ich kenne dich schon ein ganzes Jahr. Seit du mit uns Kontakt aufgenommen hast, weil du in Kanada mit den Raubkopien der Forschungsunterlagen groß einsteigen wolltest. Seit damals wurdest du auf Herz und Nieren überprüft. Wir kennen alles von dir. Auch deine Schwäche, das Glücksspiel. Auch über deine

Stärken sind wir informiert, sonst würde ich heute nicht dir gegenüber sitzen. Wir sind nicht nur an deinen Unterlagen interessiert, sondern auch an dein Fachwissen. Übrigens, wolltest du ein linkes Spiel mit mir treiben, du hast mir nur einen Teil der Pläne übergeben. Einerlei, ich wusste du hängst am Haken, du wirst sehr effizient für uns arbeiten, denn du hast keine andere Wahl."

Jack Bright erhob sein Glas und prostete Michael zu.

Michael war der Ohnmacht nahe, doch zuerst einmal trank er mit einem Schluck seinen Whisky aus. Dann schaute er Jack in die Augen, die ihn kalt und geringschätzig musterten. Er konnte nur stottern. „Also war das Treffen am Abend des 10. September kein Zufall. Du hast gewusst, dass ich einen Zwischenstopp in New York machen würde. Jack, woher hast du diese Information?"

Dieser lachte. „Das war wohl das einfachste von allem, man muss nur deine Flugzeiten und Routen kennen.

Und das erfährt jeder X-beliebige Fremde sogar wenn er nur am Schalter hinter dir steht. Schwieriger war es, dich rechtzeig im Hotel zu

treffen, nachdem du verloren hattest. Du hättest dich auch weinend in dein Zimmer begeben können, doch dann ließ ein Freund dich erst mal wieder gewinnen, bis du in deiner Blödheit alles auf eine Karte gesetzt hattest, sogar auf deine Kreditkarte. Ich brauchte nur den nächsten Morgen abwarten. Dass diese Rebellen sich gerade den 11. September für ihr Attentat aussuchten, machte für uns die Sache noch leichter. Denn nun bist du offiziell tot. Einen Toten kann man nicht wegen Verrat geheimer Geschäftspläne belangen. Wie du siehst, auch ein Toter kann sehr nützlich sein."

Michael starrte schweigend auf sein leeres Whisky-Glas. Jack bestellte noch zwei Doppelte, dann sagte er.

„Na, lass den Kopf nicht hängen, vorerst brauchen wir dich lebend. Wie es weiter läuft, hängt von dir selber ab, denn wie du bald merken wirst, es wird dich niemand suchen."

„Und was verlangt ihr von mir, wie geht es weiter?"

„Du wirst morgen um 14 Uhr beim Flughafenschalter dein Flugticket abholen. Du fliegst mit Zwischenstopp Phönix weiter nach Tucson. Dort wird auf deinem Namen ein Auto reserviert sein. Im Wagen befinden sich genaue Anweisungen wohin du fahren musst. Guten Christmas Day, wir sehen uns am 26. Dezember"

Jack stand auf und verschwand im Getümmel der Hotelhalle.

Kapitel 7

Steiermark 20. Dezember 2001

Marisa und ihre Freundin Roswitha
trafen sich wieder in Graz am
Hauptplatz. Sie wollte den Stadtbummel
für Weihnachtseinkäufe in letzter
Minute verbinden. Für ihre Mutter ein
spezielles Parfum in der kleinen
Drogerie das es nur hier zu kaufen gab
und einen Gutschein beim
Farbengeschäft. Mutter musste ihre
Farben für die Malerei selber
aussuchen.

Für die Eltern von Michael hatte sie
schon vor zwei Wochen Bettwäsche
gekauft, zweckmäßig, wie die es
liebten. Sie lieferte das Geschenk

auch gleich frei Haus mit dem Vorwand, dass sie die Feiertage bei ihrer Mutter feiern wollte. Ihr Geschenk erhielt sie auch mit dem Auftrag, ja nicht vor Heiligabend das Paket zu öffnen. Das hatte sie sowieso nicht vor, denn auch sie wird wahrscheinlich wieder Tischtücher erhalten, wie jedes Jahr.

„Unser Michael fehlt uns so sehr", war das einzige was sie hörte. Beim Abschied sagte der Vater noch:

„Was ist denn mit dem Auto von Michael geschehen. Steht es noch immer in deiner Garage?"

„So ist es, Papa, ich zahle die Versicherung und die Kfz-Steuer, und ab und zu, wenn ich etwas Schwereres zu tragen habe oder so wie heute, euch besuche, dann benutze ich es."

„Ich denke, Marisa, bei dir in der Garage ist es gut aufgehoben, wir hoffen doch noch immer, dass Michael wieder zurückkommt."

Marisa dachte, wenn die nichts bezahlen müssen, ist es ihnen recht.

Außerdem war das Auto doch schon ein älterer Jahrgang und nicht sehr viel wert. Allerdings war bald die Kfz-Überprüfung fällig und sie war sich nicht sicher, wenn da größere Kosten auf sie zukämen, ob sie es nicht abgeben würde. Erbberechtigte waren doch die Eltern, also auch Besitzer des Autos. Wie das klang: erbberechtigt. Als ob Michael wirklich tot wäre!

Sie wollte diese schrecklichen Hirngespinste nicht weiter denken. Die Zeit heilt alle Wunden, der dringende Verdacht, dass Michael sie bestohlen hatte, ließ ihren Schmerz über sein Verschwinden in Enttäuschung umwandeln. Allerdings tat dies genauso weh.

„Marisa, zuerst trinken wir einen kräftigen Glühwein. Hier gibt es bei diesem Stand auch gute Ofenkartoffel und dazu köstliche Saucen. Diese sind legendär, ist ja auch kein Wunder, denn Christian, der Betreiber ist ein ehemaliger Starkoch, der wieder zurück zu den Wurzeln in die Steiermark

gefunden hat. Er hat auch lange Jahre
in New York gelebt.

Beide tranken einige Gläser des
würzigen Glühweins und die Stimmung
wurde auch aus diesem Grund immer
beschwingter. Sie plauderten mit
anderen Gästen, bewunderten die
Lichter-Dekoration der Herrengasse und
den Christbaum. Als sich ein Mann mit
einem Schladminger Lodenrock und
Trachtenhut zu ihnen gesellte und
Roswitha von hinten die Augen zuhielt.

 Marisa dachte, was will denn dieser
Politiker von ihr? Der flüsterte
Roswitha ins Ohr: „Wen sehe ich da
allein ohne männliche Begleitung der
Gefahr ausgesetzt? Haha"

Er lachte und umarmte Roswitha dabei.
Diese drehte sich um und rief laut und
freudig: „Hallo, Carlo, was verschlägt
dich wieder in die Provinz-Stadt? Du
kommst wie gerufen, ich stelle dir
meine beste Freundin Marisa vor."

„Marisa, das ist Carlo unser alter
Freund aus New York und das ist meine
beste Freundin Marisa, die deine Hilfe
dringend braucht."

Sie schüttelten Hände und sahen sich an. Marisa dachte: Also das ist der Mann der für die Sicherheit prominenter Gäste in New York verantwortlich sein soll. Sie sah einen gut aussehenden Mann mittlerer Größe doch keinesfalls einen Muskelprotz so wie sie ihn sich vorgestellt hatte. Strahlend blaue Augen blickten sie an und seinen blonden Haarschopf konnte man unter dem Hut erkennen, als er diesen kurz zur Begrüßung gehoben hatte.

„Roswitha, ich freue mich dich zu treffen, Weihnachten werde ich bei meinen Eltern verbringen, aber dann muss ich leider wieder zurück. Es bleibt keine Zeit für einen Besuch bei euch."

Diese antworte: „Schade, aber heute Abend lasse ich dich nicht mehr aus, oder bist du verabredet?"

„Nein, nein, ich habe nur meinen
Freund Christian, mit dem ich seit New
York befreundet bin, besucht. Er ist
ja ganz bodenständig geworden. Ich
weiß gar nicht, ob die Kunden
schätzen, welch köstliche Saucen er
beim Weihnachtsmarkt zu den Kartoffeln
kredenzt."

Roswitha kannte eine Weinstube,
dorthin ließen sie sich gemeinsam zu
einem Umtrunk nieder. Es war sehr
gemütlich und es blieb nicht bei einem
Glas. Roswitha erzählte ihrem Freund
von den Sorgen Marisas. Auch dass
sonderbarerweise ihre wertvollen
Goldmünzen spurlos verschwunden sind.

Carlo, dies war sein Spitzname seit
der Studentenzeit. (Sein richtiger
Name war Karl Berger) Diesen Namen
erhielt er von Roswitha weil er immer
strubblige wirre Haare hatte wie ihr
eigener Kater Carlo. Dieser Name ist
ihm geblieben, und er hatte sich
daran gewöhnt.

Er erzählte bildhaft und humorvoll von
seinem Beruf und dass es in erster
Linie genauer Planung bedarf, um die

prominenten Gäste zur vollen Zufriedenheit den Aufenthalt verschönen um dann wieder unbeschadet zu verabschieden. Am zehnten September sollte er im Flugzeug von Washington nach New York sitzen, denn am fünfzehnten darauf hätte in der UNO City ein großer Staatsempfang mit Nelson Mandela und einigen hochrangigen Politiker der USA stattfinden sollen. Für diesen Empfang waren schon große Sicherheitsvorkehrungen vorbereitet, Carlo sollte dann vor Ort die letzten Sicherheits-Checks koordinieren. Das Schicksal wollte es, dass er mit einer Erkältung im Bett lag und diesen Flug absagen musste. Wegen des Anschlags fand dieses Treffen nicht statt.

Marisa blickte auf die Uhr und rief erschrocken.

„Roswitha, du kannst ja morgen deinen Schönheitsschlaf genießen, doch ich muss früh raus, ich zähle noch zu den arbeitenden Klassen, leider. Es war so ein schöner Abend ich werde ein Taxi zum Bahnhof nehmen und mit dem Zug um 23 Uhr 30 nach Frohnleiten fahren. Ich lasse Euch beide nur ungern allein, doch die Pflicht ruft."

Sie lachte als sie dies sagte und insgeheim dachte sie, es stimmt ich könnte noch stundenlang in der Gesellschaft von Carlo verbringen. Dieser Mann hat etwas so wie ein prickelnder Champagner. Schon lange hatte sie dieses Gefühl nicht mehr gespürt.

Carlo sprang auf und sagte.

„Nein, allein lassen wir dich nicht in die finstere Nacht gehen. Ist es dir recht, Roswitha, wenn wir gemeinsam ein Taxi nehmen und deine Freundin nach Hause begleiten?"

„Das ist eine gute Idee, ein Taxi nach Frohnleiten und zurück nach Graz ist noch immer günstiger als ein Führerscheinentzug. Abgesehen davon kann keiner von uns noch gerade stehen alles andere wäre zu gefährlich."

So wurde ein Taxi gerufen und die drei setzten sich frisch und fröhlich angeheitert in den Mercedes. Roswitha setzte sich nach vorn, sodass Marisa mit Carlo im Fonds Platz nahm. Marisa bekam Herzklopfen als sie die Hand von Carlo spürte als er ihr beim Festzurren des Sicherheitsgurtes half. Er flüsterte ihr leise ins Ohr: „Ich genieße noch eine Weile deine Gegenwart." Diese wusste nicht, was sie darauf antworten sollte, in ihrem Körper stiegen heiße Wellen auf und ab. Sie lehnte sich zurück genoss einfach den Augenblick.

Viel zu schnell ging die Fahrt zu Ende und schon sahen sie die beleuchtete Fassade der Häuser ihres Heimatortes.

Zum Abschied drückte Carlo ihr einen zarten Kuss auf den Mund und sagte: „Ich habe deine Telefonnummer, ich rufe dich morgen an, du könntest mir mehr Informationen deines verschollenen Freundes geben, vielleicht kann ich dir helfen."

Marisa antwortete: „Vielen herzlichen Dank, es wäre schön und ich warte darauf. Kommt gut nach Hause Ihr beide."

Am nächsten Vormittag pfiff Marisa während der Arbeit vergnügt einen

Schlager leise vor sich hin. Ihr
Vorgesetzter sagte: „Freust du dich
schon so sehr auf das Christkind, weil
du heute so vergnügt bist?"

„ja, dieses Gefühl habe ich denn ich
glaube dass nun endlich Bewegung in
die Vermissten suche kommt. Diese
Ungewissheit was tatsächlich mit
Michael geschehen ist kann ich fast
nicht ertragen."

„Das freut mich für dich, was macht
dich so optimistisch?"

„Ein Freund von Roswitha ist für den
Sicherheitsdienst bei der UNO NY
verantwortlich, der will mir helfen."

„Na, dann wünsche ich dir viel Glück,
wir wollen dich öfter so vergnügt wie
heute erleben." Er lächelte
vielsagend.

Nach Dienstschluss fuhr sie rasch nach
Hause, um sich ein wenig frisch zu
machen. Ihr Telefon ließ sie dabei
nicht aus den Augen. Endlich ertönte
der ersehnte Klingelton. Carlo.

„Hallo, ich bin am Parkplatz vor deinem Haus, kommst du herunter?" Sie überlegte kurz, dann sagte sie.

„Wenn es dir nichts ausmacht, kommst du zu mir in die Wohnung, hier könnte ich dir Fotos von Michael usw. für deine Nachforschung geben. Wenn es dir nicht zu bescheiden ist, koche ich schnell für uns ein Rissotto. Parmesankäse habe ich immer im Haus und statt Salat gibt es Tiefkühlgemüse dazu."

„Ok, ich komme."

Marisa war plötzlich ganz aufgeregt über ihre mutige Einladung. Doch gestern war ihr Carlo so vertraut geworden, dass sie ohne nachzudenken, ihn in ihre Wohnung einlud.

Nun stand er im Flur, und lächelte sie mit seinem sympathischen Lächeln an. Der wirre Blondschopf und die blauen Augen wirkten jungenhaft und natürlich. Ganz anders als ihr Michael, der mit seinen schwarzen gestylten Haaren eher geschniegelt aussah weil er im Business-Look brillieren wollte.

„Hi, gemütlich hast du es."

„Ja mir gefällt die Lage auch sehr
gut, es ist ruhig hier, die Luft und
der Ausblick sind traumhaft. Doch mein
Ziel war eine etwas größere Wohnung,
in der auch noch ein Kinderzimmer
Platz hätte. was möchtest du trinken?"

„Am besten steirisches Quellwasser von
der Leitung, der gestrige Abend war
ein wenig heftig", antwortet er
während er sich umschaute und ihre
Einrichtung betrachtete.

„Und nun sind deine Lebensträume mit
dem 11. September zerplatzt."

 Carlo sagte dies so leise und
nachdenklich, als ob er ähnliche
Erfahrungen hinter sich hätte.

Marisa ging nicht darauf ein und
sagte: „Ich habe in meinen Schränken
ein wenig gestöbert und habe ein Bild
meines Großvaters gefunden, wie er die
Carausius-Münzen herzeigt. Es ist zwar
nur ein Schwarz-weiß-Bild, doch kann

man die Prägung ganz gut erkennen. Auch das Schätz- und Prüfzertifikat habe ich. Ein aktuelles Foto von Michael besitze ich nur, wo wir beide abgebildet sind. Doch du kannst es für deine Recherchen vielleicht schneiden."

Carlo begutachtete die Bilder und sagte: „Also wie das Prüfzertifikat zeigt sind diese Münzen so wertvoll und selten, dass sie fast unverkäuflich sind. Und falls dein Michal noch lebt, finden wir ihn sicher über die Spur der Goldmünzen."

Marisa antwortete: „Ich bin mir gar nicht sicher, ob ich das will, denn noch immer hoffe ich, dass er mich nicht bestohlen hat."

Carlo schaute sie ernst an. „Du musst dich jetzt entscheiden, ob du mir den Auftrag zur Suche erteilst. Wenn nicht, vergessen wir alles und genießen dein köstliches Rissotto bevor es anbrennt."

Marisa lief in die Küche und schob es rasch vom Herd, beinahe wäre es zu spät gewesen, es war ja schon fertig,

sie hatte es zum Warmhalten am Herd
belassen.

Kapitel 8

New York

Michael wollte zahlen, doch der
Barkeeper sagte, dass alles über die
Rechnung von Mr. Bright erledigt sei.
Wie benommen stand er auf und ging ihm
nach, doch Jack war wie vom Erdboden
verschluckt. Im nächsten Store
besorgte er sich eine Karte und einen
Reiseführer vom Staate Arizona und
fuhr zurück ins Hotel Riverside.
Während der Busfahrt sah er das
hektische Glitzertreiben der
Vorweihnachtszeit. Er hätte nie
gedacht, dass er sich einmal so sehr
danach sehnen würde, zu Hause bei
seinen Eltern Weihnachten zu feiern.
Auch wenn ihm immer das Getue seiner
Mutter genervt hatte, die ihn als
Erwachsenen noch so behandelte, als
sei er der kleine Michi. Jetzt würde
er ein paar Stunden gerne dafür

tauschen. Erst heute wurde ihm so richtig bewusst, dass es kein Zurück gab. Wie Jack sagte, Michael Faber ist tot. Tot, tot.

Wie es seiner Marisa wohl ging? Ja, sie war etwas fad und zu bodenständig für seinen Geschmack, aber man konnte sich auf sie verlassen. Er hatte nicht vorgehabt, sie zu heiraten, doch einige Zeit wäre es ganz angenehm an ihrer Seite zu leben. Doch sein Traumziel war immer Kanada irgendwann wollte er dorthin. Und was nun? Jetzt wurde er gezwungen für Unbekannte zu arbeiten. Wer ist dieser Mr.Bright und seine Hintermänner die alles über ihn gewusst hatten. Was erwartete ihn in Arizona, zu welchen Bedingungen musste er arbeiten? Drängende Fragen, auf die er keine Antwort finden konnte, er wusste nur eines, er war gefangen.

Im Hotelzimmer las er über Arizona einiges, was er noch nicht wusste:

Arizona der Grand Canyon Staat ist auch verbunden mit dem Kulturerbe der Indianer, dem Wilden Westen. Es ist der 48. Bundesstaat der USA. Grenzt im Süden an Mexico, dort hat es dort angenehme Temperaturen im Winter von 20 bis 25 Grad. Na, wenigstens musste er nicht frieren. Er las weiter:

Spektakuläre Nationalparks bieten sich zur Besichtigung im Norden an, allen voran der Grand Canyon.

Diese berühmte Schlucht, wie man sie aus zahlreichen Bildern kennt, soll majestätisch schön sein, las er weiter.

Im Osten befindet sich der weniger bekannte Canyon de Chelly und auch der versteinerte Wald des Nationalpark Petrified Forest.

Quer über das Colorado Plateau zieht sich die Route 66, die auf der ganzen Welt berühmt ist, sehr beliebt bei Harley Fahrer.

Der Colorado River fließt im Westen Arizonas. Diese Region ist eine sonnenverwöhnte heiße Zone zwischen Wüste und Wasser. Richtung Süden liegt der Lake Hayasu und an dessen südlichsten Ende Lake Hayasu City. Diese Stadt ist berühmt wegen der London Bridge. Als die Brücke 1967 in der Themse zu versinken drohte, wurde sie hierher verkauft und Stein für Stein in die Wüste transportiert dort aufgebaut. Seitdem ist ein English Village entstanden.

Klingt ja alles recht interessant.

Doch was hatte Michael von all diesen Sehenswürdigkeiten? Nichts! Denn er wusste nicht einmal wo sich seine zukünftige Arbeitsstätte befand.

Er packte seine Sachen in eine Tasche, die zweite und wichtigere lag noch im Schließfach am Flughafen, die wollte er morgen vor dem Abflug abholen. Sein Hotelzimmer war bis Ende der Woche bezahlt, so konnte er morgen jederzeit das Haus verlassen. Heute würde er es sich noch einmal so richtig gut gehen lassen. Also fuhr er mit dem Bus, es war mittlerweile Abend, in die Stadt. Noch einmal würde er unbeschwert am Broadway eine Bar besuchen, vielleicht ergibt sich auch das eine oder andere interessante Spiel. Wer weiß?

Mit aller Faser seines Körpers sog er die Glitzerwelt dieser berühmten Meile auf. Nachdem er bei einem Chinesen irgendetwas Unbekanntes aber Köstliches gegessen hatte, betrat er eine Bar, die voll besetzt war, trotzdem fand er an einem Tisch noch einen Platz, denn zwei Pärchen waren gerade im Begriff zu gehen. Also saß er plötzlich allein einer bildhübschen jungen Frau gegenüber. Er war nicht in Stimmung, um Konversation zu üben, doch sie sprach ihn an. „Warst du auch beim Konzert der Lady?" Was sollte er darauf antworten. Da er nicht wusste, wen sie meinte, sagte er nur:

„Nein, ich bin nur auf der Durchreise geschäftlich in New York. "

„OH, es war toll, gigantisch, da hast du was versäumt."

Sie schwärmte noch weiter und er hörte anfangs gelangweilt zu. Aber ihre Erscheinung hatte etwas Beeindruckendes für ihn. Warum war die Schöne solo, wie konnte eine so hübsche Frau allein sein? Schätzungsweise war sie knapp über zwanzig, ihre bronzefarbene Haut schimmerte und die roten vollen Lippen strahlten mit ihren perlweißen Zähnen um die Wette. Die schwarzen Haare waren sicher geglättet, denn an ihrer Stirn krausten sich einige kleine Löckchen, sie würde mit einer Rasterlockenfrisur auch toll aussehen, dachte er.

„Mein Name ist John, und du, bist du allein hier?" versuchte er das Gespräch auf eine andere Basis zu bringen, denn der Schwärmerei konnte er nichts entgegensetzen.

„Ich bin Lily, meine Freundin ist mit ihrem Lover drüben an der Theke. Ich hatte einen langen Tag, wollte gerade gehen, ich betreibe ein Nagelstudio und diese Konzertkarten hat sie mir geschenkt. Sie ist bei einem Broadway

Studio Maskenbildnerin, so kommt sie öfter zu Gratiskarten."

Lily plauderte munter drauflos und als Michael sie zu einem Drink einlud, blieb sie doch. Er erfuhr auch, dass Lily neben ihrer Arbeit auch Gesang studierte. Irgendwann wollte sie so berühmt sein wie Wanda Jackson. Ihr Künstlername ist Shirley B.

In den letzten Wochen hatte Michael ausschließlich männliche Gesellschaft oder war allein. Deshalb war das muntere Geschwätz von Lily wie prickelnder Champagner für ihn.

Sie tranken und Lily erzählte, und Michael gab kurze Kommentare, alles in allem sie beide verstanden sich sehr gut. Es wurde ein vergnüglicher Abend, der in Lily`s Appartement seinen Höhepunkt fand.

Am nächsten Morgen wurde er von Lily etwas unsanft geweckt.

„Jonny, aufstehen, ich muss bald zur Arbeit." Etwas verwirrt schaute er sich um, wo er gelandet war. Ein winziges Schlafzimmer, das mit einem bunten Vorhang vom nächsten Raum getrennt war. Dieser war offenbar die Küche. Einziger Trost für den Morgenmuffel Michael war, dass aus diesem Raum, Kaffeeduft lockte.

Er stand auf und wollte zuerst ins Bad. Er dachte, die planen rationell, denn man kam direkt vom Schlafzimmer dorthin. Dusche, WC, Waschbecken, alles in einem, alles winzig doch sauber und hübsch dekoriert. Man musste sich eben anpassen.

Nachdem er sich frisch gemacht, angezogen und gestylt hatte, trank er in der Küche einen Schluck Espresso und sagte zu Lily.

„Schade, dass ich heute schon weg muss. Ich weiß leider nicht, wann ich wieder nach New York komme, ich

notiere deine Handy-Nummer, ich ruf
dich an. Es war schön mit dir."

Und er meinte es wirklich so. Er
blickte sie bedauernd mit seinen
braunen Augen an. Welche schöne Frau,
dachte er: Makellos mit ihrer
schokoladefarbigen Haut, eine Figur
wie ein Modell und dazu
temperamentvoll und heiß wie schwarzer
Kaffee.

Sie sah ihn nur wehmütig an. „Ich
würde dich auch gerne wiedersehen."

„Wie komme ich am schnellsten zu
meinem Hotel?"

Die Rührung des Abschiedsschmerzes
versuchte er mit dieser nüchternen
Frage zu überbrücken. Mit einem
gelben Taxi natürlich.

„Good bye my Love, good bye"

Er betrat das Treppenhaus, das im
Gegensatz zu Lily`s Wohnung riesig
war. Weite Gänge mit Stuckverzierung
und schmiedeeiserne Geländer führten
ihn hinunter. Das Gebäude wies den
Charme der vorigen Jahrhunderte aus,

letzte Nacht war er so benebelt
gewesen, dass er dies übersah.

Dann, als er auf die Straße trat,
erfasste ihn wieder das hektische
Treiben der modernen Großstadt, das
unentwegte Heulen der Polizei-Sirenen
die typische Geräuschkulisse dieser
Stadt. Erst jetzt bemerkte er, dass
sich die Wohnung von Lily an der
Rückseite eines Broadway Theaters
befand. Ihr Streben war es, einmal
ganz groß in diesem Theater als
Soulsängerin aufzutreten, ihr kleines
Nagelstudio in der Ecke sollte nur die
Brücke dazu sein. Von irgendetwas
musste sie ja leben und ihr
Gesangstudium finanzieren.

Bevor er ins Taxi stieg, notierte er
die Adresse zur Telefonnummer von
Lily. Diese zufällige Begegnung
verursachte in ihm einen
Gefühlsrausch, den er bisher nicht
kannte.

War diese Lily die Frau, die er sich
insgeheim immer erträumt hatte? Er
kannte sie doch nicht, doch trotzdem
schien sie ihm vertraut in ihrer

herzerfrischenden temperamentvollen
Art, als ob er sie Jahre kennen würde.
Marisa war dagegen lauwarme Milch
gewesen.

Fern am Horizont zogen die dunklen
Wolken vom rauen Dezemberwind
getrieben in Richtung der hohen Türme
der Stadt.

Den Vormittag verbrachte Michael
damit, ein Bankkonto auf den Namen
John Denver zu eröffnen, er benötigte
dringend eine Kreditkarte. Er war es
leid, schräg angeschaut zu werden,
wenn er bar mit Dollarscheinen
bezahlte. Sein gesamtes Bar- Kapital
betrug zurzeit die stattliche Summe
von 23.660,-- USD, seine letzten
Gewinne. Zwanzigtausend zahlte er auf
sein Konto, den Rest behielt er sich
bar, man konnte nie wissen. Vielleicht
ergab sich doch irgendwo in einer
Kneipe wieder ein Spiel mit
Gewinnaussicht?

Diesmal suchte er ein Thai-Restaurant
auf um seinen Hunger zu stillen. Die
Reis-Gerichte schmeckten sehr gut,
trotzdem bekam er langsam ein etwas

flaues Gefühl. Wohin ging seine Reise,
was erwartete ihn in Arizona?

Am Flughafen verstärkte sich das
mulmige Gefühl, dass er nicht mehr aus
der Sache herauskäme. Er wusste die CD
mit den Forschungsunterlagen seiner
Ex-Firma gut versteckt in einem Buch.

 Die Carausius-Münzen waren in seiner
Toilette-Tasche in Plastik gesichert
eingepackt. Eigentlich hätte er diese
Schätze lieber in einem
Bankschließfach deponiert. Auch wenn
Mr. Bright und seine Männer alles von
ihm wussten, doch von diesen
wertvollen Münzen hatten sie keine
Ahnung. Er hoffte, dass sie nicht
seine intimen Pflegartikel
durchsuchten. Denn diese Goldmünzen
stellten plötzlich seine Versicherung
für einen Ausweg in eine freie Zukunft
dar. Damals, als er diese Münzen aus
dem Schließfach von Marisa an sich
genommen hatte, handelte er
instinktiv. Sie verließ kurz den Raum
um das WC aufzusuchen und er war
allein.

Rasch ließ er damals die Münzen in
seiner Tasche verschwinden. Sie wäre
mit seinem Plan sicher nicht
einverstanden gewesen.

Verkaufen und ihr stolz vom erzielten
Gewinn berichten, das hatte er damals
vorgehabt. Marisa war doch zu bieder
und verstand nicht zu handeln. Als er
sich näher mit dem wahren Wert dieser
Carausius-Münzen auseinandersetzte,
war es zu spät, in Europa würde er
nicht den gewünschten Preis erlangen.
Schicksal - Vorsehung, nun war dies
sein Besitz.

  Diese Goldstücke wurden vor ungefähr
2.ooo Jahren zu Ehren des römischen
Feldherrn Carausius geprägt, der
auszog um Britannien zu erobern.
Soweit die Geschichte dieser fünf
Münzen. Er hatte beim Nachforschen
noch mehr erfahren: Ursprünglich besaß
ein reicher Goldschmied in seiner
Sammlung elf dieser Goldstücke. Eine
Münze ging vorher schon bei einem
betrügerischen Tausch verloren
ursprünglich waren es zwölf.

Diese Elf symbolisierten die verbliebenen elf Apostel, nach dem Verrat Judas und war jahrhundertelang Teil einer Sammlung einer alten jüdischen Händlerdynastie. Irgendwann während der Wirren des vorigen Jahrhunderts verlor sich die Spur und so kamen diese fünf Münzen, zwar unrechtmäßig, in seinen Besitz. Es wäre interessant die übrigen sechs zu finden. Denn dann wäre die Sammlung wieder komplett und könnten schwindelerregende Preise am Auktionsmarkt erzielen.

Diese Träumereien vermochten nur ein wenig die Angst von Michael ablenken. Er saß in der Wartehalle und war gar nicht mehr verwundert, dass tatsächlich ein Flugticket für ihn bereit lag.

Kurz zuvor war er am Schalter zu den Europa-Flügen gestanden und überlegte:

Wenn er ein One-Way-Ticket nach Frankfurt löste und in den nächsten Flieger nach Europa flog, was erwartete ihn dort?

Mit seinem amerikanischen Pass würde
er zur österreichischen Botschaft
gehen und sagen, er hätte ein Black-
Out gehabt und wüsste nicht wie er zu
dieser Identität gekommen sei. In den
Wirren des elften September wäre
plötzlich sein Film gerissen, sein
richtiger Name ist Michael Faber.

„Ich würde mir diesen Schritt
wohlweislich überlegen, wir finden Sie
auch in Europa."

Michael hatte nicht bemerkt, dass ein
Unbekannter neben ihn stand und diese
Worte leise in sein Ohr flüsternd
gleich darauf in der Menschenmenge
verschwunden war.

Konnten seine Auftraggeber Gedanken
lesen, wurde er tatsächlich rund um
die Uhr beschattet? Kalte Angst
schnürte seine Kehle zu. Als die Dame
hinter dem Schalter fragte:

„Sir, kann ich Ihnen helfen, wollen
Sie nun ein Ticket nach Frankfurt?"

Er schüttelte nur den Kopf, denn
sprechen konnte er nicht, sein Mund
war trocken und er ging in Richtung

Gate 5, bestieg das Flugzeug nach Phoenix, Arizona.

Wie käme er aus dieser Umklammerung wieder frei? Zurzeit war dieser Zustand unerträglich für ihn. Er fühlte sich beobachtet. Ständig blickte er zur Seite, dann drehte er sich wieder um. Jeden Moment glaubte er eine Hand auf seinen Schultern zu fühlen. Als ein Passagier, der es eilig hatte sich an ihm vorbeidrängte, pochte sein Herz als wollte es seine Brust sprengen.

Er versuchte krampfhaft jetzt nur an die schöne Nacht mit Lily zu denken, die Erinnerung daran kam zum Glück wieder zurück. Er wollte alles wiederholen, er spürte noch immer ihren Duft nach Jasmin und ihren Körper, wie er in sie eindrang. Nur diese Gedanken konnten ihn für kurze Zeit von seiner Angst befreien. Die nächsten drei Stunden überstand er mit diesem nochmals erlebten Liebesrausch und einem doppelten Whisky. Sein Plan, so rasch wie möglich die Befreiung aus der Umklammerung dieses Jack Bright und seiner Hintermänner zu erreichen reifte in seinem Kopf.

Etwas benommen stieg er aus dem Flugzeug und tauchte von der kalten Dezemberluft New Yorks in milde Frühlingstemperaturen ein. Als Erstes hieß es, sich den warmen Temperaturen anzupassen. Unter anderen Umständen wäre dies sehr angenehm gewesen, fast wie Urlaubsgefühle. Er müsste in das nächste Flugzeug steigen, nach Tucson fliegen und abwarten, was dann von ihm verlangt würde. Der Auftrag von Jack befahl das bereit gestellte Auto abzuholen, wo weitere Anweisungen folgen würden.

Dazu hatte er momentan keine Lust. Die milde Luft beflügelte ihn und so vergaß er sämtliche Anweisungen. Er schulterte seine Reisetasche zog den kleinen Rollkoffer hinterher und nahm sich ein Taxi und fuhr in die Stadt. Er verspürte Hunger und bat den Fahrer ihn in ein Lokal zu bringen, wo man gut essen konnte. Er landetet in einem typisch mexikanischen Restaurant, wo man auch im Freien in bequemen

Korbstühlen von Sonnenschirmen beschattet sehr gut bedient wurde. „Mama Marias Steakhouse" wollte er sich merken, falls er wieder einmal nach Phoenix kam. Er hatte seine Jacke ausgezogen und bestellte ein zweites Glas Bier. Das Steak war himmlisch und die Sauce dazu teuflisch scharf. Das bunte Treiben auf dieser Nebenstraße genießend betrachtete er die letzten Sonnenstrahlen am Horizont. Vielleicht blieb er über Nacht hier, es gefiel ihm, sinnierte er.

Er hatte den dunklen Schatten nicht bemerkt, der Barmann stand vor ihm.

„Sir, ich habe bald Dienstschluss, darf ich die Zeche kassieren? „

Außerdem legte er Michael einen Zettel zur Rechnung und sagte: „Diese Nachricht hat ihr Freund für Sie abgegeben."

Michael zahlte und schaute verwundert. In dieser Stadt kannte ihn doch niemand, welcher Freund sollte das sein? Er las:

WIR ERWARTEN STRIKTE BEFOLGUNG DER ANWEISUNGEN - DIE WÜSTE IST GROSS - J. B.

„Wie sah der Mann aus, der diese Nachricht brachte?"

Der Barmann zuckte mit den Achseln und deutete auf die Straße. Dort standen in einiger Entfernung das Taxi und der Fahrer, der ihn hierher gebracht hatte. Der wartete anscheinend die ganze Zeit auf ihn. Michaels Hals wurde immer enger.

Er legte einen Zehndollarschein auf den Tisch und sagte:

„Bringen Sie mir noch einen Whisky, " schüttete ihn in sich hinein und stand auf. Mit der Reisetasche und dem Rollkoffer ging er langsam in die Richtung des Autos.

„Warum haben Sie auf mich gewartet?"

Der Mann grinste ihn an und sagte: „Warum nicht, meine Zeit wurde bezahlt, dafür bringe ich Sie jetzt noch zur Raststation am Highway."

„Na, super, und was dann?"

„Das geht mich nichts an, wohin Sie dann gehen, ist Ihre Sache."

Damit war seine Bereitschaft zu sprechen, anscheinend erschöpft, denn auf all seine Fragen erhielt Michael keine Antwort mehr.

Während der Fahrt tat sich urplötzlich der Himmel über sie auf. Ein Platzregen schüttete kübelweise Wasser über sie. Die Situation wurde immer ungemütlicher, es wäre doch besser eine Nacht hier zu bleiben. Doch trotz dieser widrigen Umstände peilte der Taxifahrer stur sein Ziel an. Nach einer halben Stunde hielten sie auf einem mit Müll übersäten Parkplatz. Eine graue Wellblechhütte mit einer Werbeaufschrift sollte die Raststätte sein. Es sah aus, als ob das letzte Mal in den Fünfzigerjahren des vorigen Jahrhunderts hier Cola ausgeschenkt wurde. Die Tür hatten vergangene Stürme halb aus den Angeln gerissen, die Hütte war sichtlich unbewohnt, wo blieb die Raststätte?

In einiger Entfernung stand ein unbemannter, verdreckter Land Rover,

den hier wohl irgendjemand vergessen
hatte. Der Regen zeichnete Rinnsale
von Lehmspuren an den Seitentüren. Der
Fahrer blieb stehen, hob Michaels
Gepäck aus dem Wagen und fuhr davon.
So, das war es, nun stand er allein
auf einem verdreckten leeren Platz am
Rande der Straße mit seinem Rollkoffer
und der Reisetasche in der Hand. Die
Wolken hatten sich zwar verzogen, na
dann: Fröhliche Weihnachten. Heiliger
Abend 2001.

Zögernd ging er zum Wagen, vielleicht
war er offen?

„Du hast dich verspätet." Sprach eine
Stimme hinter ihm. Er fuhr voll
Schreck herum und hinter ihm stand ein
Muskelpaket mit bulligem haarlosen
Schädel und einen verdrossenen Zug um
den Mund. Michael reichte ihm gerade
bis Brusthöhe, so riesig war der
Farbige.

Schweißperlen rannen über Michaels
Augenbrauen und bahnten sich den Weg
zu den Wangen.

„Verzeihung, sind Sie meine
Kontaktperson zu Mr. Bright."

„Würde ich sonst in diesem verdammten Kaff auf dich warten? Steig ein die Fahrt ist lang ich will endlich Feierabend machen. Wir sind wahrscheinlich erst morgen am Ziel.“

„Wohin fahren wir?“ wagte Michael zu fragen.

„Das wirst du schon sehen, ich nenne diesen Ort Namenlos, denn er hat keinen Namen.“

Beide fuhren den Highway entlang, es war schon dunkel, so konnte Michael nur Schatten sehen, die vorüberzogen. Nach einer Stunde Fahrt wagte Michael sich wieder zu äußern.

„Mein Name ist John Denver, also John und Ihr Name?“

„Du kannst Sammy zu mir sagen.“

Irgendwie hatte Michael das Gefühl, dass der Hüne mit ihm Mitleid hatte. Warum? Immer wieder streifte ihn sein Blick und der sagte: Du arme Sau, oder deshalb weil sie in finsterer Nacht durch eine endlose schwarze Landschaft

kutschierten, dem Heiligen Abend
entgegen?

„Sammy, morgen ist Weihnachten,
feierst du mit deiner Familie?"

 Wieder nahm er einen Anlauf, ein
Gespräch mit seinem Chauffeur zu
beginnen, die Angst vor dem
Unbekannten schnürte ihm den Hals zu.
Vielleicht erfuhr er doch die näheren
Details über das gemeinsame Ziel.

„Ist mir egal, ich bin Moslem."

Weitere drei Stunden schwiegen beide.
Michael war offenbar eingeschlafen,
ein Scheppern hatte ihn geweckt. Sie
hatten irgendwann die Highway
verlassen und fuhren über eine
Schotterpiste, die nur ein starker
Land Rover aushalten konnte. Die
Knochen von Michael waren dafür nicht
geeignet. Alles tat ihm weh, Übelkeit
und Durst plagten ihn.

„Sammy, gibt es nirgendwo einen Store
oder eine Tankstalle wo wir halten und
was essen und trinken können."

„Ich sagte schon, wir fahren ins Namenlos, hier gibt es kilometerweit nichts, das einen Namen trägt."

Sammy griff auf die hintere Rückbank, holte zwei Flaschen Bier hervor und drückte ein Bier Michael in die Hand. Die andere öffnete er selber mit seinen starken Zähnen, und nahm einen kräftigen Schluck. Michael wollte es ihm nachtun, das Resultat war aber ein heftiger Schmerz zwischen seinem Kiefer er jaulte wie ein Wolf. Sammy lachte.

Na, wenigstens hatte Sammy Humor, auch wenn dieser auf Michaels Kosten ging. Mit dessen Hilfe kam er auch zu einem Durstlöscher und daraufhin fühlte er sich ein wenig erleichtert. Mit einem Ruck blieb das Fahrzeug stehen und Sammy stieg aus. „Pinkel-Pause."

Diese war auch dringend nötig. Die Nacht war noch dunkel, doch in der Ferne sah man schon rötliches Licht, das den Morgen ankündete.

Sammy startete den Wagen, die kurze Pause war zu Ende. Warum hatte er es so eilig?

„Wir müssen noch im Dunkeln ankommen,
sonst gibt es Schwierigkeiten." Er
konnte anscheinend Michaels Gedanken
erraten.

„Warum?"

Sammy gab keine Antwort. Auch wenn
dieser meistens ein grimmiges Gesicht
zeigte, war ihm Michael auf irgendeine
unerklärliche Weise sympathisch.

Es dauerte nun nicht mehr lange, da
kamen sie an einem Gittertor an.
Dahinter konnte man schemenhaft graue
Betonklötze erkennen. Wie eine Fabrik
eben aussehen sollte, nur war diese
für seine Begriffe etwas zu klein.

Sammy gab seinen Code ein und das Tor
öffnete sich wie von Geisterhand. Sie
kamen näher und das Fabrikgebäude
zeigte eine vergitterte Glasfront.
Dieser Bau sah aus wie ein Gefängnis.
Michael fragte seinen Fahrer, ob er
auch hier bliebe.

„Ja, ich habe hier auch ein Zimmer,
doch ich bin meistens als Kurier
unterwegs. Vielleicht willst du einmal
eine Botschaft nach draußen schicken."

„Danke für das Angebot, doch ich kenne niemand hier, ich wüsste nicht wen ich schreiben sollte."

„Vergiss, was ich gesagt habe, schönen Aufenthalt im Namenlos." Er schritt rasch zur Tür und verschwand im Gebäude. Gleich darauf kam ein kleiner Mann aus derselben Tür. Träumte er, war er in Peking gelandet? Ein Chinese, ein Klon von Mao Tse Tong trat zu ihm und sprach ihn vorwurfsvoll an.

„Wir haben Sie gestern erwartet. Folgen Sie mir ich zeige Ihnen Ihre Unterkunft. In exakt zwanzig Minuten kommen Sie in mein Büro mit Ihrer CD. Ich muss erst testen, ob diese wirklich was taugt."

Kapitel 9

Steiermark 24. Dezember 2001

Marisa freute sich auf zwei besinnliche Tage bei ihrer Mutter. Die Weihnachtsgeschenke für ihre Freundin Roswitha und das Paket ihrer Freundin für sie selbst wurden beim letzten Treffen übergeben. Sie hatte ein Album mit alten gemeinsamen Fotos aus ihrer Schul-und Jugendzeit vorbereitet. Im Foto-Shop gescannt und mit ihren gemeinsam erlebten Geschichten, die sie zu jedem Bild mit ein paar Worten dazu geschrieben hatte, schien es recht gut gelungen. Sie wurde selber ganz wehmütig beim Bearbeiten dieser Bilder. Wie schnell doch die Zeit vergangen war.

Am Nachmittag des Heiligen Abend zog sie wieder für die nächsten zwei Nächte in ihr ehemaliges Zimmer nach Gratwein. So war ihre Mutter nicht allein und auch Marisa genoss von der Mama umsorgt zu sein.

Sie besuchten gemeinsam das Grab der Großeltern. Eine Kerze und ein Weihnachtsgesteck legten sie schließlich hin und Marisa betrachtete in stiller Andacht die schlichte Gedenkstätte. Ein Granitblock mit zwei Namen, dahinter ein wilder Rosenstrauch, und davor eine Grabplatte auf der immer eine Kerze stand, daneben ein kleiner Stein, den ein Wanderer hier wohl vergessen hatte, das war alles.

So wie sie gelebt haben, dachte Marisa bei diesem Anblick, bescheiden und voller Ruhe und Weisheit.

„Ach, Großvater, hilf mir doch wieder Klarheit in mein Leben zu bringen." Unwillkürlich sprach sie diese Bitte laut aus und ihre Mutter sagte:

„Du wirst sehen, das Gute wird immer vor dem Bösen siegen, das hat er doch zu dir gesagt, als du noch ein Kind warst.

So, aber nun mein Kind auf geht es, wir schmücken die Wohnung weihnachtlich und machen uns den Nachmittag gemütlich. Bis zur

Mitternachtsmesse müssen wir gestärkt sein. Wir wollen doch zu Fuß den Straßengeler Berg erklimmen."

Bewusst fröhlich sprach ihr Mutter, sie wollte die traurige Stimmung von Marisa ein wenig aufmuntern.

Zuhause bei Mama gab es vorerst einmal einen heißen Tee. Später sollte das Abendessen festlich sein. Doch Marisa bat ihre Mutter ganz einfach einen guten Kartoffelsalat zu machen, und dazu Würstchen zu kochen.

„Morgen essen wir zu Mittag unseren Weihnachtskarpfen, ist es dir recht so?"

Marisa konnte es kaum erwarten, bis es Abend wurde und sie ihrer Mutter das Weihnachtsgeschenk überreichen durfte. Den Mal-Utensilien-Gutschein und das Parfum. Das Geschenk war nicht sehr phantasievoll aber praktisch.

Endlich war es Abend und sie zündeten die Kerzen am kleinen Christbaum an. Zum Glück freute sich ihre Mutter über das Geschenk.

Das Päckchen von Roswitha beinhaltete
einen Gutschein für die Kosmetikerin.
Das brauchte sie dringend. Nach den
Feiertagen würde sie sofort einen
Termin vereinbaren.

Sie erhielt von ihrer Mutter ein Buch
und sechs wunderschöne Weingläser.
Diese sagte dazu, das sei der erste
Teil ihrer Aussteuer, denn irgendwann
würde sie sicher heiraten. Diese Worte
hörte sie nicht sehr gerne, doch um
des Friedens willen des Tages schwieg
sie. Wen sollte sie heiraten, wenn ihr
Freund verschwunden war?

Ihre Mutter umarmte sie und sagte:
„Diese edlen Weingläser habe ich heuer
im Sommer schon gekauft. Damals wusste
ich noch nicht, dass dieses Unglück
über dich kommt. Aber du bist jung,
und irgendwann wirst du heiraten."

Sie wollte darauf antworten, "du hast
doch auch nie geheiratet", doch sie
schwieg und bedankte sich. Warum
sollte sie nicht für sich selber solch
schöne Gläser sammeln.

Jeder von ihnen las in ihrem Buch, und
sie naschten ein wenig von den Keksen.
Um dreiundzwanzig Uhr fuhren beide
warm angezogen und voller Energie los.
Mit dem Auto ging es von Gratwein zum
Fuße des Straßengeler Berges. Mit den
Taschenlampen bewaffnet ging es
hinauf. Sie waren nicht allein
unterwegs, auch andere wählten diesen
Weg.

Die gotische Kirche war vollgestopft
mit Gläubigen. Sie standen in der
vorletzten Reihe, denn die Sitzplätze
waren schon vergeben. Die Messe war
sehr kurz und wundervoll festlich. Der
Chor sang zum Abschluss das Stille
Nacht Lied, Marisa war zu Tränen
gerührt.

Draußen hatten Ehrenamtliche zur Feier
einen Glühweinstand mit der Bitte um
Spenden für Bedürftige errichtet.
Alles drängte sich dahin. Eine sehr
gute Idee, denn so wärmt der Tee von
innen und die Spende wärmt dann jemand
mit Decken oder sonst was Nötiges.

Es war ein wunderschöner Tag gewesen,
wenn nicht dieser kleine Stachel der

Ungewissheit über den Verbleib ihres Freundes Michael gewesen wäre. Der bohrte im hintersten Winkel ihres Herzens und hörte nicht auf, die wunde Stelle blutig zu kratzen. Noch ein Schluck Glühwein und der steile Weg hinunter, der die Aufmerksamkeit erforderte, und die Wunde war wieder einmal verheilt die Gedanken durch Wichtigere ersetzt.

„Gute Nacht, Mama, schlaf gut und danke für den schönen Tag."

Diese antwortete: „Dasselbe wollte ich dir gerade sagen, und denk daran, alles ist Schicksal, auch wenn du jetzt noch traurig bist und das von mir nicht hören willst, denk nicht zurück sondern nur ans Heute und an die Zukunft. Schlaf gut mein Kind."

Wenn das so leicht zu befolgen wäre.

Am Christtag schliefen sich beide Frauen einmal so richtig aus, es war doch spät geworden. Ein kleines Frühstück, das nur aus Kaffee und je einer Tasse Müsli bestand, reichte am Vormittag. Anschließen bereiteten sie gemeinsam das Mittagessen, einen

Weihnachtskarpfen. Dieses Gericht
liebten beide sehr und einmal pro Jahr
war es Sitte bei ihrer Familie üppig
zu speisen, eben zu Weinachten.
Diesmal hatte die Mutter die Variante
deftig würzig gewählt, serbischer
Karpfen mit viel Zwiebel, Paprika und
Chili. Dazu Ofenkartoffel mit Rosmarin
und einen frischen Chicorée-Salat als
Vorspeise.

„Mama, man könnte sich fast daran
gewöhnen einen männerlosen Haushalt zu
haben", Seufzte Marisa satt und
zufrieden.

„Ab und zu hat mir in meinem Leben
schon ein Mann gefehlt, an den ich
mich anlehnen könnte", antwortete ihre
Mutter.

„Dein Großvater war kein Ersatz für
einen richtigen Partner, mit dem man
seine Freuden, aber auch Sorgen teilen
könnte. Ich habe das zu spät erkannt,
und dann gab es kein Zurück mehr. Also
Marisa, du bist noch jung und hast
alle Chancen, begib dich auf die Suche
nach einem neuen Glück."

Marisa musste ihr Recht geben, sie erinnerte sich zwar sehr gerne an ihren Großvater. Doch manchmal konnte er schon sehr stur und veraltet sein. Sie hatte zum Glück ihre Freundin Roswitha in ihrer Jugendzeit, die einen relativ lockeren Umgang ermöglichte. Doch ihre Mutter hatte kaum Chancen irgendwo einen Mann zu erobern, sie ging nie alleine aus. Entweder war ihre Marisa dabei, oder sie begleitete ihren Vater in die Oper, allein nur ins Kino zu gehen, war ein Ding der Unmöglichkeit. Wen wunderte es dann, als sie endlich die Stelle beim Doktor antreten durfte dass sie aufblühte.

„Mama, bitte sei nicht böse, wenn ich dich etwas sehr Persönliches frage: Hattest du mit dem Doktor ein Verhältnis?"

Ihre Mutter wurde rot wie eine Tomate und stotterte.

„Ja, wir liebten uns. Wen ich ihn nicht gehabt hätte, ich weiß nicht, wie ich all die Jahre allein durchgehalten hätte."

„Warum wurde es immer verheimlicht, er war zwar verheiratet, doch das könnte man ja ändern. Bin ich dann die Schwester von Roswitha?"

„Nein, dein Vater hat meine unschuldige unaufgeklärte Seele in einen Liebesrausch verwandelt. Er war Musiker, wir trafen uns zufällig bei einem Sommerfest. Ich wäre mit ihm bis ans Ende der Welt gegangen, ohne zu wissen wohin. Dann war er plötzlich über Nacht allein weg und ich war schwanger. Was hätte es für einen Sinn gehabt, ihn zu suchen, ich habe nie seinen Namen verraten. Ich bin ihm nicht mehr böse, obwohl diese eine Nacht mein ganzes Leben veränderte. Du bist daraus geworden, eine Blume die wunderschön erblüht ist. Heute denke ich, es war alles richtig wie es gekommen ist.

Und weil wir schon bei meiner Beichte sind, will ich dir noch ein Geheimnis anvertrauen. Du weißt, wie es in der Arztfamilie war, du bist dort als Kind aus und ein gegangen. Roswithas Mutter war eine exzentrische, hysterische

Person, die das Geld in die Familie gebracht hatte. Sie hätte ihn ruiniert, wenn er versucht hätte sich zu trennen, sein Ruf und die Praxis wären dahin. Ich war doch glücklich, ich hatte ihn mehr Stunden um mich, als jede Ehefrau ihrem Mann. Die vielen Stunden in der Praxis brachten oft einen zärtlichen Blick-Austausch, wenn wir allein waren küsste er mich und ab und zu wenn er ein Seminar besuchte, konnten wir eine Nacht zusammen sein.

So, nun kennst du meine Vergangenheit, gibt es bei dir vielleicht doch eine verborgene Liebe, außer deinem Michael?"

„Ich habe seit ich ihn kannte, nur mit ihm meine Zukunft aufgebaut. Bis zum letzten September waren meine Gedanken und meine Liebe nur bei ihm. Dann kamen mir doch Zweifel, wegen der verschwundenen Goldmünzen.

Trotzdem hatte ich noch immer einen Funken Hoffnung, dass es ein Missverständnis war und er sie für uns verkaufen wollte. Ich habe ihm damals

ja erzählt, dass ich die für die
Anzahlung unserer gemeinsamen Wohnung
einsetzen wollte.

Dann im Dezember, als ich Carlo den
Security-Chef kennenlernte, gab es
schon Momente der Gefühls-Explosionen
und ich wusste nicht wie mir geschah.
Doch als ich ihm die Bilder von
Michael mit der Bitte ihn zu suchen
übergab zeigte er sich plötzlich sehr
reserviert. Und nun ist er wieder weg,
in New York. Schade, ihn hätte ich
gerne näher kennen gelernt. Ich weiß
nichts von ihm, auch nicht ob er
verheiratet ist oder sonst gebunden."

Marisa und auch ihre Mutter waren nach
diesem Gesprächs- Nachmittag, an dem
so viele Geheimnisse endlich ans Licht
gehoben wurden sehr glücklich. Endlich
wusste Marisa einen Teil ihrer
Herkunft. Restlos würde es wohl nicht
aufgeklärt werden, wichtig war einmal
der Beginn die Vergangenheit
aufzuarbeiten.

„Marisa, willst du nicht noch eine
Nacht bei mir bleiben? Oder hast du
was bevor? Sonst könnten wir beide

morgen, wenn das Wetter mitspielt einen Ausflug ins Almenland machen.

„Ok, wenn ich auf deiner Couch gemütlich dein Buch lesen darf." Antwortete sie und legte sich schon ganz entspannt hin. Das Buch handelte von der Römerzeit während der Herrschaft Marc Aurel und den Eroberungskriegen der Britanniens des Feldherrn Carausius.

Ihre Mutter holte sich einen Skizzenblock und machte Porträtstudien von ihrer Tochter. So verging der Abend wie im Flug und beide legten sich nach herzlichen Umarmungen und Küssen in ihre Betten. Marisa lag in ihrem Zimmer noch einige Zeit wach und dachte an Carlo. Wie er wohl die Weihnachtsfeiertage verbracht hatte? Warum war er nicht bei seinen Eltern in Österreich geblieben um in seiner Heimat zu feiern?

 Fragen über Fragen, die sie beschäftigten obwohl er doch nur beauftragt war, ihren Freund zu finden. Weshalb interessierte sie die Freizeit dieses Fremden? Weil er eine unbekannte Saite in ihr zum Klingen gebracht hatte, aber das gestand sie sich nicht ein. Der Schlaf vermochte diese Grübelei zu beenden.

Der Stefanie-Tag meldete sich grau in grau mit einer dichten Nebeldecke. Beide Frauen überlegten, ob sie dennoch den Ausflug auf die Teichalm wagen sollten.

„Wenn das Wetter am Berg genau so ist, machen wir einen kurzen Spaziergang, kehren ein um zu essen und fahren wieder nach Hause", sagte Marisa und ihre Mutter antwortete:

„Falls die Sonne scheint, könnten wir uns Langlauf-Schi ausleihen und in die Natur so richtig eintauchen."

„So sportlich kenne ich dich gar nicht, Mama", neckte die Tochter lachend zurück.

Sie fuhren gleich los, die Straßen waren gut mit Salz und Streusplitt gesichert, sodass sie zügig vorankamen. Als sie zum Ziel gelangten, staunten sie wie viele andere PKW-Lenker den gleichen Einfall

hatten wie sie. Am großen Parkplatz
direkt neben dem Teichalmsee fanden
sie gerade noch eine Lücke. Aber es
war ja kein Wunder, während unten im
Tal die Nebelsuppe steckte, herrschte
hier oben strahlend blauer Himmel. Am
See tummelten sich einige
Schlittschuhläufer und am Hang
gegenüber brausten die wagemutigen
Schiläufer schwungvoll hinab. Man
bekam Lust es ihnen gleich zu tun.
Doch die Frauen zogen die leichtere
Variante vor. Sie liehen sich Schuhe
und Langlaufausrüstung und fuhren
langsam los. Es war herrlich, der
Pulverschnee glitzerte mit tausend
Kristallen in der Sonne, die Bäume
trugen eine dicke Schneedecke die nur
ab und zu durch einen Flügelschlag
eines Vogels abgeschüttelt wurde. Die
Stille und Schönheit der Landschaft
hatte etwas Majestätisches. Weil beide
ungeübt waren, zogen sie die kürzere
Loipe vor.

 Sie kehrten beim Angererwirt ein,
aßen eine deftige Mahlzeit,
Sauerkraut, Knödel und einen zarten
saftigen Schweinsbraten. Satt und
zufrieden liefen sie das letzte Stück

bis zur Leih-Abgabestelle um die Ausrüstung zurück zu geben.

Marisa brachte ihre Mutter nach Hause und sagte zum Abschied.

„Mama, das waren meine schönsten Weihnachten seit meiner Kindheit, danke."

Die antwortete: „Mir geht es genauso, ich bin so froh, dass alles Unausgesprochene unserer Vergangenheit endlich geklärt wurde. Nur bei der Frage nach dem Verbleib deines Vaters kann ich dir nicht helfen, ich weiß ihn selber nicht."

In ihrer Wohnung bestückte sie als erstes die Waschmaschine und bereitete sich wieder für die kommenden Arbeitstage im Amt vor.

Der erste Tag in der Bezirksstelle war wie immer. Die Kollegen erzählten von ihren Geschenken und Erlebnissen zu Weihnachten. Sie hatten auch allerlei Vorhaben, was den Jahreswechsel betraf. Marisa sagte, diesmal hätte sie keine Lust auf Feiern. Der Fernseher zu Hause reichte und mit

einem Glas Sekt am Balkon das
Feuerwerk betrachten, mehr wollte sie
nicht.

So begann auch wieder das Jahr für
Marisa ohne besondere Vorkommnisse,
ihr Leben verlief ohne Höhen und
Tiefen. Wenn man von ihrem
schmerzlichen Verlust im September des
Vorjahres absah.

Kapitel 10

Arizona Weihnachten mitten in der Wüste

Mao der Chinese, der seinen Namen nannte, der unverständlich war, und Michael betraten einen kleinen Raum. Er war spartanisch eingerichtet. Ein Bett, ein Schrank und ein Schreibtisch mit Sessel. Ein kleines winziges Bad mit Dusche und WC, das war alles. Ein vergittertes Glasfenster brachte ein wenig Licht in das Zimmer.

„Dies ist ein sogenanntes Luxuszimmer für wichtige Arbeiter. Falls Sie nicht den Erwartungen entsprechen, rutschen Sie in die nächste Kategorie ab und Sie teilen sich ein Zimmer mit einer anderen Person."

Das waren schöne Aussichten, war er in einem Gefängnis in China gelandet? Er verstaute rasch seine Habseligkeiten. Viel hatte er nicht bei sich. Vielleicht sollte er doch seinen Anzug für seine Präsentation anziehen. Er hatte ihn im Gepäck weil er sich auf eine Managerstelle vorbereitet hatte.

Nun sollte er wie es aussah, doch wieder als Techniker beschäftigt werden. Diese Fabrik kam ihm irgendwie merkwürdig vor. Wo er gelandet war, wusste er nicht. Ach ja, Jimmy hatte den Ort Namenlos genannt. Als er seinen Anzug aus dem Rollkoffer holte, fiel ihm eine Spielkarte entgegen, der Herzkönig. Komisch, er hatte diese Karte nicht in sein Gepäck getan. Na, ja wahrscheinlich war sie irrtümlich hineingerutscht.

Seit zehn Tagen hatte er nicht mehr gespielt und auch keinen Gedanken daran verschwendet. Er war zu sehr mit seiner Aussicht auf die begehrte Arbeitsstelle beschäftigt gewesen. Endlich wollte er sich von seiner Spielsucht befreien und in einem mächtigen Konzern die Karriereleiter hochsteigen. Wie es derzeit aussah, war er im falschen Film gelandet.

Rasch packte er seine Sachen aus, holte die CD aus dem Buch und begab sich in Richtung des Büros seines Chefs. Er klopfte, er erhielt keine Antwort. Michael wartete einige Minuten und sah auf die Uhr. Ja, er war exakt drei Minuten zu früh. Na, das war ein penibler Mensch oder er wollte ihn bewusst demütigen, weil er ihn warten ließ?

Endlich vernahm er ein: „Treten Sie ein, Mr. John Denver." Es fiel ihm früher schon auf, dass dieser Chinese so akzentfrei sprach.

Er betrat das Büro des Mr. Mao und er war überwältigt. Der Raum war sicher drei Mal so groß wie sein Zimmer. Am Boden lag ein wunderschöner Seidenteppich. Der Schreibtisch aus Ebenholz, sowie auch die Schränke dahinter zeichneten den edlen teuren Geschmack des Einrichters aus

Michael übergab ihm die CD. Dieser befahl ihm mit einer Handbewegung am Sessel gegenüber Platz zu nehmen und schob die Diskette in seinen Computer. Er betrachtete die Berechnungen und technischen Daten am

Bildschirm lange. Dann schaute er auf und sagte: „Sieht recht interessant aus, das erspart uns sicher ein paar Jahre Forschungsarbeit. Wir wünschen dass Sie an der Entwicklung weiter arbeiten. Denn dieses System scheint noch einige Mängel aufzuweisen. „Michael wagte den Vorstoß und sagte: „Ich bin gerne bereit, für Sie zu arbeiten. Doch bis heute wurde noch nicht über mein Gehalt gesprochen. Welche Höhe können Sie mir anbieten?" Das Gesicht des Chinesen wurde hart wie Stein und er sagte eisig. „Mr. John Denver, sie erhalten hier Essen, Kleidung, und Sonstiges. Sie benötigen kein Gehalt, hier brauchen Sie kein Geld." Einen neuerlichen Versuch wagend sagte er: „Das ist schön, aber wenn ich wieder einmal in die Stadt fahre oder nach Hause, dann brauche ich US-Dollars auf meinem Konto."

„Ich sagte schon Sie werden kein Geld benötigen. Wir arbeiten alle für das System des großen Reichs der Mitte. Und nun gehen Sie, und stellen sich ihren Kollegen vor."

Little Mao, sein Big Boss
komplimentierte in hinaus.

Vor der Tür wartete schon ein weiterer
Chinese, der sich als Mr. Ling
vorstellte. Auch er sprach sehr
deutlich ohne Akzent die amerikanische
Sprache. Entweder wurden die in den
Staaten geboren, oder sind hier zur
Schule gegangen.

Er führte Michael durch die Anlage. Er
zeigte ihm den Speiseraum, einen
gemeinsamen Aufenthaltsraum mit
Fernseher. Auch ein Fitnesscenter eine
Krankenhausabteilung, für die
Gesundheit war also gesorgt. Eine
Kleiderausgabestelle schloss sich
daran. All diese Räume waren im
Erdgeschoss, angrenzend an die
einzelnen Zimmer, darunter war auch
das von Michael, bezeichnenderweise
die Nummer 11. Das Areal war riesig,
aber bis auf die Angestellten, die in
der Küche neben dem Speisesaal und der
bei der Kleiderausgabe beschäftigt
war, sah man keine Menschenseele. Ob
die alle in den Weihnachtsferien
waren? Michael konnte sich diese
gähnende Leere sonst nicht erklären.

Doch Mr. Ling führte ihn mit einem Lift eine Etage tiefer. Und da sah er die gleich große Fläche wie im Erdgeschoss also einer Maschinenhalle die 1:1 der Fabrik glich, bei der er in Österreich gearbeitet hatte. Auch die Maschinen waren identisch. Nur die Arbeiter, es dürften auch an die hundert sein, waren ausschließlich Chinesen.

Michael war sprachlos. Und noch mehr erstaunt war er, als er in seinen künftigen Arbeitsraum geführt wurde. Dieser hatte dieselben Zeichentische, den gleichen Computer, sogar das Bild an der Wand war dasselbe. Hatten die seine Fabrik in Europa abmontiert und hier wieder aufgebaut?

Ihm blieb keine Zeit Mr. Ling diese Frage zu stellen, denn er führte ihn in die nächsten drei Büros. Auch diese waren ident mit denen von Graz. Doch statt seiner altvertrauten Kollegen, befanden sich hier drei Fremde. Er wurde ihnen vorgestellt.

Das heißt, einen kannte er: Es war Mr. Jack Bright.

„Hi, Mr. John Denver, wir kennen uns schon, das sind Ihre neuen Chefs, Mr. Dr. Jaikovsky, er stammt aus der Ukraine, das ist Mr. Dipl.-Ing. Dobosch, er ist gebürtiger Ungar, also spricht er auch ein wenig Deutsch, was für Ihre Kommunikation anfangs eine Erleichterung bringen wird. Ihr Englisch wird sich aber rasch verbessern. Übrigens, wie war Ihr Weihnachtsabend?"

So zynisch konnte auch nur Jack fragen, er wusste genau dass er diesen Abend mit Jimmy in einem Land Rover verbracht hatte.

Dr. Jaikovsky brach ihm beim Händeschütteln fast die Hand. Wenn man ihm auf der Straße begegnete, hätte man ihn für den Zwillingsbruder vom Boxer Klitschko gehalten. Er maß sicher 2 Meter zehn, hatte breite Schultern, einen riesigen Schädel mit kurzgeschnittenem Haar. Doch die grauen Augen blickten ihn so sanft und unschuldig an als Michael vor Schmerz aufschrie:

„Entschulden Sie, ich vergesse immer wie intensiv meine Begrüßungen sind."

Ob er ihn verarschen wollte, oder meinte er es wirklich so, Michael lächelte unsicher.

„It‚s Ok."

Dipl.-Ing Dobosch war im Gegensatz dazu ein Zwerg. Eine dunkle geschmeidige Gestalt, schlank wie ein Tänzer. Er hatte auch eine Ausstrahlung eines Künstlers und die sanfte dunkle Stimme eines Baritons.

Mr. Bright ergriff wieder das Wort.

„Mr. Denver, wie Sie schon bemerkt haben, können Sie hier übergangslos weiterarbeiten. Der einzige Unterschied besteht aus ihren beiden Vorgesetzten. Die konnten wir nicht hierher beamen. Aber es sind beide anerkannte Wissenschaftler. Nun sparen sie sich mit Ihren Raubkopien jahrelange Forschungsarbeit. Also nochmals herzlich willkommen. "

Das war es nun, er durfte im Land der unbegrenzten Möglichkeiten gratis arbeiten. Träumte er nicht schon immer davon?

Seine Vorgesetzten hielten ihn wahrscheinlich ein wenig beschränkt, denn er brachte keinen Ton von seinen Lippen. Wann wird dieser Alptraum ein Ende haben, dachte Michael. Nochmals fasste er seinen gesamten Mut zusammen und krächzte ein wenig heiser.

„Mr. Jack, für wie lange ist mein Arbeitsvertrag vorgesehen? Der Big Boss, ich konnte leider seinen Namen nicht verstehen, sagte ich müsste für das Regime arbeiten, ohne Bezahlung. Wie soll das denn gehen. Stehe ich dann wenn der Vertrag ausläuft ohne einen Cent auf der Straße?"

Mr. Bright machte eine leichte kreisförmige Handbewegung und antwortete:

„Nicht so stürmisch, John, ich sehe Ihnen heute ausnahmsweise Ihre Ungeduld nach. Doch in Zukunft sind solche Fragen unerwünscht. Wann Euer Team das gewünschte Ergebnis liefert, hängt von Eurem Einsatz und

Tüchtigkeit ab. Dann wird für Euch gesorgt sein."

Mit einer eiskalten Härte sprach er und fügte noch hinzu.

„Ihr alle drei seid Verräter, wer einmal seinen Arbeitgeber übers Ohr haut, will es wieder tun. Eines kann ich Ihnen versprechen, Mr. Denver, wenn der Super-Motor gebaut ist, kommt ihr von hier weg. Doch wenn ihr euch auch noch so anstrengt, an diese Zeit wird sich keiner von euch erinnern. Auch diese Fabrik wird kein Mensch finden, denn offiziell gibt es sie nicht. Also ihr habt keine Chance auf Verrat und euer Wissen wieder zu verkaufen."

Michael wurde blass und er erkannte aus der Mimik von Mr. Dobosch, dass dieser auch verstanden hatte, denn Jack hatte sich nachdrücklich deutsch artikuliert.

Während Mr. Bright den Raum verließ blickte er nochmal zurück und sagte: „Essenszeit ist, wenn die Sirene blinkt. Arbeiten dürft ihr so lange es

euch Spaß macht und ihr was leistet,
also auch zwanzig Stunden durch. "

Seufzend ließ sich Michael auf dem
nächstbesten Stuhl nieder. Er sprach
Mr. Dobosch an, weil er deutsch mit
ihm sprechen konnte, seine
Englischkenntnisse hinkten noch nach:

„Mr. Dobosch, seit wann sind Sie schon
hier und warum ist das Werk 1:1 hier
aufgebaut worden?"

Der blickte Michael in die Augen und
sagte: „Sie fragen zu viel, ich bin
auch erst seit gestern da. Sie haben
sich verspätet, sonst wären Sie mit
uns im Flugzeug gekommen, und hätten
sich den langen Weg im Auto erspart.
Und meine persönliche Geschichte ist:
Ich wollte aus dem kommunistischen
Regime aussteigen und für meine
Leistungen entsprechend viel Geld
verdienen. Jetzt bin ich wieder am
Anfang."

Dr. Jaikovsky, der Boxer machte ein
grimmiges Gesicht. „Ich denke wir
sollten uns allgemein englisch
unterhalten. So kann es zu keinerlei
Missverständnissen kommen. Ich muss

mich in diese Materie erst
einarbeiten, doch ich bin sicher, Ihr
beide seid mir dabei behilflich."

Somit wäre die Rangordnung geklärt,
der Boxer hatte das Sagen.

Michael setzte sich an den
Zeichentisch und machte eine Skizze
aus dem Gedächtnis. Dr. Jaikovsky
lächelte und sagte:
„Warum so umständlich. Schauen wir uns
den Stand der Dinge gemeinsam am
Computer an." Und tatsächlich, seine
Raubkopie erschien am Bildschirm.

Sie fachsimpelten gemeinsam, wobei
sich Michael etwas schwieriger
verständlich machen konnte, doch mit
der Zeit verlor sich die Spannung und
die Fachsprache war international.

Die Arbeit nahm sie so sehr gefangen,
dass die Drei fast das Signal zur
Essenszeit überhörten. „Klitschko"
sagte als erstes, er sei hungrig, so
fuhren sie gemeinsam mit dem Lift nach
oben. Der Speisesaal war voll besetzt.
Zirka einhundert hungrige Chinesen
unterhielten sich lautstark in ihrer
Landessprache.

Alle hatten dieselbe Kleidung an.
Einen beigen Anzug und dazu ein
Poloshirt mit einem Wappen. Sie waren
so vertieft in ihr Gespräch und der
Nahrungsaufnahme, sodass sie dem
Vierertisch an der Ecke keine
Beachtung schenkten. Obwohl die drei
äußerlich und auch in ihrer Kleidung
sich von der Allgemeinheit abgrenzten.

Hier saßen drei Europäer, Michael im
dunklen Anzug, Dobosch mit grauer Hose
und Jacke, Jaikovsky in grünbeigem
Militärdrillich. Der vierte Platz war
leer. Michael traute sich nicht schon
wieder zu fragen, wer denn noch käme.
Doch das erübrigte sich, denn nun trat
Sammy mit einem vollen Tablett auf sie
zu.

„Hi, nice to meet you." lachte er und
setzte sich an seinen Platz. Die drei
grüßten und holten sich auch ein
Tablett, gingen zum Buffet und holten
sich, wonach sich dem einzelnen
gelüstete. Die größte Portion füllte
sich Klitschko auf seinen Teller. Na,
ja bei seiner Körpergröße brauchte er
wahrscheinlich so viel. Michael hatte
sich vorsichtig überall eine kleine

Portion geholt, er kannte die Gerichte nicht und wusste nicht, wie es schmeckt. Doch, entweder war es sein hungriger Magen, oder die Küche war gut, denn es schmeckte allen.

Michael sprach Sammy an: „Bleibst du nun auch hier?" Dieser schaute ihm in die Augen und sagte: „Wenn ich mit dir am Tisch sitze, bin ich hier, wenn nicht, bin ich unterwegs."

Wurde hier jedes Wort abgehört, weil alle so zweideutig sprachen? Michael bekam eine Gänsehaut bei dem Gedanken, diese Chinesen würden auch sein Gepäck durchsuchen. Er hatte die Goldmünzen gut in einer Tube mit Körpermilch versteckt. Doch wenn die wirklich suchten, fanden sie sogar ein einzelnes Haar seiner geliebten Lily. Ob diese schöne Geliebte einer Nacht auch so intensiv an ihn dachte, wie er an sie. Ihm war bis jetzt gar nicht aufgefallen, aber in dieser Anlage hier gab es keine einzige Frau.

Mr. Ling trat an ihren Tisch. „Nach
dem Essen sollen die Herren bitte ihre
Anzüge abholen. Ihre Kleidung wird
gereinigt und sie können sie dann in
den eigenen Schränken aufbewahren.‟

Wie schön, so durften sie sich auch
der Einheitskleidung erfreuen. Aber
das war eigentlich egal. Viel
wichtiger wäre so rasch wie möglich
das Projekt fertig zu stellen, um
wieder frei zu sein. Ob diese zwei
Techniker wirklich die Voraussetzung
dazu mitbrachten? Wahrscheinlich
schon, sonst wären sie nicht geködert
worden. Michael wäre um diese Zeit
schon längst wieder in Europa, hätte
vielleicht eine etwas besser bezahlte
Stelle in seinem Stammwerk. Doch er
hätte auch nie Lily kennen gelernt,
nie diese feurige Liebesnacht mit ihr
erlebt. Irgendwie musste es ihm
gelingen, wieder mit ihr in Verbindung
zu treten. Ob er Sammy vertrauen
könnte? Dieser hatte ihm ja selber
angeboten, wenn er aus dem Ort
Namenlos zu irgendjemand in der

Außenwelt eine Botschaft senden wolle, er würde ihm helfen.

Doch nun hieß es erstmals Kleiderwechsel. Gemeinsam holten sich die Drei ihre Anzüge und gingen in ihre Zimmer. Die befanden sich nebeneinander. Sammy wohnte direkt neben Michael. „Klitschko" sagte noch, er wolle anschließend eine Stunde im Fitnesscenter trainieren und käme etwas später zum Arbeitsplatz. Dobosch und Michael sollen inzwischen einiges vorbereiten. Na, der kehrte den Chef deutlich hervor. Der sanftmütige Dobosch lächelte und ging.

Mit neuem Outfit, der Einheitskleidung ausgestattet sah sich Michael erst einmal im Gebäude nochmals um. Das Fitnesscenter war sehr modern mit allen möglichen Geräten ausgestattet. Man musste sich in einer Liste eintragen, wann und womit trainiert würde. Im Anschluss daran war ein Massageraum, der die verschiedensten Behandlungsmethoden anbot, auch mit Wunschliste. Direkt daneben befand sich das Ärztezimmer mit einer chinesischen Apotheke. Die hatten wirklich für alles gesorgt. sodass sie die gewünschten Leistungen ohne Ausfälle erbringen konnten. Nach dem Erkundungsgang fuhr er mit dem Lift hinunter in sein Arbeitszimmer. Mr. Dobosch war schon vor Ort und so ordneten sie gemeinsam die Zeichnungen und Berechnungen. Er war ganz erstaunt vom Wissen des Technikers. Auch als ihr Gruppenleiter „Klitschko" die Arbeit aufnahm fanden die drei rasch einen Konsens. Das Abendessen versäumten sie, weil sie so angestrengt an ihrem Programm tüftelten. Unter anderen Umständen würde diese Arbeit mit den zwei Kollegen richtigen Spaß machen.

Doch so, als Gefangener im Namenlos bis ihnen endlich der Durchbruch gelingen würde, war es ein Alptraum. Ihre Aufgabe war die begonnene Forschungsarbeit am Supermotor zu vollenden. Es wäre eine bahnbrechende Erfindung in der Energiewirtschaft. Ein Supermotor der nur mit der Energie des Erdmagnetismus betrieben würde. Die Studie war noch in den Anfängen, bis es ihnen gelang, die harte Nuss zu knacken, könnten noch Jahre vergehen.

Und dann? Statt mit dieser Erfindung reich zu werden, wie es normalerweise einem Erfinder vergönnt wäre. (Zumindest der Friedensnobelpreis wäre gerechtfertigt.) Nein, stattdessen profitierte ein riesiges System im Kampf um die Weltherrschaft und die drei würden leer ausgehen.

Diese düsteren Gedanken plagten ihn als er spät müde in sein Bett gefallen war. Einschlafen konnte er trotzdem nicht, denn er ärgerte sich, dass er in die Fänge dieses Mr. Bright geraten war. Ob der für das Aufspüren der Techniker ein Kopfgeld kassierte? Möglich wäre es, denn seine Kleidung, Kaschmiranzüge und die Unterbringung in einem der teuersten Hotels von New York sprachen dafür.

Anschließend träumte er wirres Zeug, ein riesiger Motor schwebte in der Luft auf ihn zu und wollte ihn zerquetschen, dann sah er wieder das lachende Mondgesicht des Big Boss vor sich der immer wieder sagte: Sie benötigen keinen Lohn, sie erhalten Essen und Kleidung, was brauche Sie noch Ha, ha?

Schweißgebadet wachte er auf und
stellte sich unter die Dusche. Sogar
ein Einheits-Pyjama war auf seinem
Bett gelegen. Dann kontrollierte er
wieder sein Versteck, die Body-Milch
mit den Goldmünzen. Es sah so aus, als
ob diese Tasche nicht angerührt wäre
aber man konnte nie wissen.

Er konnte nicht mehr einschlafen, es
war doch schon vier Uhr morgens.
Vielleicht wäre ein Jogging-Ausflug
für heute das Richtige. Welches Datum
an diesem Tag war, wusste er auf
Anhieb gar nicht. Oh, doch, übermorgen
käme der Jahreswechsel. Ob Sylvester
gefeiert wird?

Er wollte durch das große Eingangstor
am Portier vorbei ins Freie, doch er
wurde von diesem daran gehindert.
Niemand dürfe das Innengelände
verlassen. Auch die Beteuerung, dass
er nur seinen täglichen Fitnesslauf am
Hof draußen laufen wolle, nützte
nichts. Er wurde in den Fitnessraum
verwiesen.

Niedergeschlagen ging er zurück auf
sein Zimmer.

Gefangen im Gebäude, das war sein
Ende. War er wirklich so ein
Verbrecher, weil er das Glückspiel so
intensiv ausübte. Ja, er hatte die
Gutmütigkeit seiner Freundin Marisa
ausgenützt und auf ihre Kosten gelebt.
Seinen Verdienst hatte er doch fast
vollständig verspielt. Aber er hatte
sich immer vorgenommen, irgendwann,
wenn er einen Supergewinn gemacht
hätte, wäre Schluss damit. Aber hätte
er wirklich mit Marisa und seinem
Gewinn in Zukunft leben wollen?
Ehrlicherweise gestand er sich jetzt
ein, NEIN. Er hatte immer nach etwas
Unbekanntem gesucht, das ihn vollends
befriedigen könnte, das Spiel war nur
ein Teil der Suche nach dieser Lust.
Erst seit er die Nacht mit Lily
verbracht hatte, wusste er die eine
konnte ihm alles geben. Seit dieser
Nacht hatte er auch nie mehr gespielt.
Er hatte zwar keine Gelegenheit dazu,
doch er verwendete auch keinen
einzigen Gedanken daran, spielen zu
wollen.

Die nächsten Tage verliefen alle
ähnlich. Arbeiten, Essen, Schlafen,
Arbeiten, Essen, Schlafen.

Den Jahreswechsel verschliefen sie,
der wurde auch gar nicht groß
gefeiert.

Dann kam der 12. Februar 2002. Der
Speisesaal präsentierte sich mit
bunten Luftschlangen, alle schienen
irgendwie aufgeregt. Auch der Big Boss
Mao-Verschnitt saß auf einem Tisch
zusammen mit zwei Fremden und Mr.
Bright.

Was hatte das alles zu bedeuten, hatte
jemand Geburtstag oder was sonst? Das
Buffet war noch reichhaltiger als
sonst und es standen sogar Sektgläser
bereit.

Die Lösung erfuhren die drei Europäer
bald. An diesem Tag wurde das
chinesische Neujahr LI CHUN gefeiert.
Das Jahr 2002 sollte das Jahr des
Pferdes werden. Endlich war eine
Abwechslung im täglichen Trott. Die
chinesischen Arbeiter bildeten
verkleidete bunte Drachenschlangen,
tanzten und sangen. Auch Sammy war
wieder an ihrem Tisch. Während des
bunten Treibens flüsterte Michael ihm
zu, ob er ihn in seinem Zimmer

besuchen dürfe. Der schaute ein wenig verwundert und lachte, während er sagte: „Brauchst du Liebe?"

Michael wurde rot und meinte, das sei ein Missverständnis, er wolle auf dessen Angebot wegen der Nachricht anknüpfen.

Sammy lachte dröhnend und meinte. „Das war nur ein Scherz. Hast du dich noch nicht mit Namenlos angefreundet?"

Sie wagten nur deshalb so zu sprechen, weil im Getöse des Festes ihre Worte unbemerkt blieben.

Und als das Fest vorbei war, öffnete sich plötzlich seine Zimmertür und Sammy trat ein.

„Wenn du wieder einmal nach draußen fährst, würdest du für mich eine gute Freundin anrufen. Ich schreib dir die Nummer auf. Frag sie, ob ich ihr einen Brief schicken darf."

Sammy kratzte sich seinen kahlen Schädel und sagte. „Ok, es ist riskant, aber ich mach es, ist sie wenigstens hübsch?"

„Ja, sie hat die gleiche Hautfarbe wie
du, doch sie ist wunderschön, sie wird
sicher einmal eine berühmte Sängerin."

„Ok, schreib die Nummer auf."

Kapitel 11

Steiermark Frühlingsgefühle

Der Winter wollte sich nicht
verabschieden. Ganz kurz versuchte
ein Föhnsturm das Land von seinen
kalten Krallen zu befreien. Aber
Eisregen beendete dieses Experiment
der Natur, endlich die Blumen aus dem
Winterschlaf zu holen. Es hieß eben
warten. Marisa brachte im vergangenen
Monat einiges in Ordnung. Das Auto von
Michael brachte sie zu seinen Eltern,
die sollten es zum Zeitwert verkaufen.
Für sie war dieser Wagen nur eine
Belastung, außerdem hatte sie als
Freundin kein gesetzliches Anrecht
daran. Bei der Bank wurde sie leider
wegen ihres Verlustes enttäuscht, die
Versicherung ersetzte in ihrem Fall
nichts. Erstens konnte sie nicht
nachweisen, welcher Schatz tatsächlich
dort deponiert war und zweitens hatte
nur sie selber das Schließfach
geöffnet. Ihr wurde geraten, Anzeige
zu erstatten, weil nur ihr Begleiter
für diesen Diebstahl in Frage käme.
Aber wie sollte sie jemand anzeigen
und belangen, den es nicht mehr gab?

Von Carlo hatte sie nur einen kurzen Telefonanruf erhalten. Er sagte, er sei an der Suche nach ihrem Freund dran, hätte aber noch keine Ergebnisse. Irgendwann im Sommer käme er wieder nach Wien. Vielleicht könne er dann schon bessere Informationen liefern.

Das war es. Warum war sein Gespräch so neutral und geschäftlich gehalten. Marisa war deprimiert, warum war ihr kein Liebesglück vergönnt. Wenn sie ehrlich zu sich selber war, sie hätte sich gewünscht, Carlo näher kennen zu lernen, wenn nicht mehr. Ab und zu besuchte sie am Wochenende eine Disco, doch sie kam sich dort schon bald wie ein Oldie mit ihren achtundzwanzig Jahren vor. Ihre Schulfreundinnen waren inzwischen alle verheiratet und Mütter. Die hatten entweder keine Zeit oder andere Interessen wie sie.

Die einzige, die ihr blieb, war Roswitha, doch die verbrachte ihre Freizeit hauptsächlich auf dem Golfplatz.

Einmal ging Marisa mit ihr auf die Runde mit. Doch sie kam sich sehr deplaciert vor. Dieser Sport erweckte leider keine Begeisterung in ihr. Obwohl er sehr gesund ist, man bewegt sich viel an der frischen Luft und in der schönen Natur des Platzes. Marisa fuhr doch viel lieber mit dem Fahrrad ihren geliebten Mur-Radweg oder sie joggte durch einen Waldweg.

An einem Samstag im März kaufte sie sich kurzentschlossen einen Gebrauchtwagen. Sie wollte doch etwas flexibler ihre Freizeit gestalten. Zur Arbeit konnte sie mit dem Fahrrad fahren, das hielt sie fit. Doch wenn sie einmal im Sommer eine Bergwanderung in der Obersteiermark arrangieren wollte, war es schon bequemer ein Auto für die Anfahrt zu benützen. Sobald sie ihren roten Flitzer besaß, würde sie ihre Mutter in Gratwein besuchen.

Eine Woche darauf war es soweit. Stolz führte sie ihrer Mutter ihren Dusty vor, so nannte sie ihren kleinen VW-Golf. Weil der Tag so schön nach Frühling roch, lud sie ihre Mutter auf

eine Spritztour in die Südsteiermark
ein. Sie verbrachten einen
wunderschönen Tag im Schilcher Land.
Dort sprossen schon die ersten Knospen
an den Weinstöcken. Manche Sträucher
zeigten ihre volle Blütenpracht,
Forsythien strahlten mit ihrem Gelb um
die Wette.

Während sie in einer Wirtsstube ein
köstliches Reindl Gericht verzehrten
erzählte ihre Mutter freudstrahlend:

„Stell dir vor, nach Ostern wird es
eine Ausstellung meiner Bilder geben.
Im Grazer Kunsthaus gibt es eine neue
Initiative, die es ermöglicht, noch
unbekannte Künstler der Umgebung zu
präsentieren. Ich bin ganz aufgeregt,
ich hoffe du kommst zur Vernissage.
Ich bin nicht die einzige, es dürfen
noch vier andere ihre Werke herzeigen,
doch es ist ein Anfang und nun freue
ich mich, deinen Rat befolgt zu haben.
Durch Zufall habe ich von dieser
Möglichkeit sich zu bewerben gelesen.“

„Welche schöne Nachricht, ich finde es
wird höchste Zeit, dass die
Verantwortlichen auch unbekannten

Künstler eine Plattform bieten. Das belebt doch die Kunstszene."

Dieser Samstag verlief wieder voll Harmonie und Freude für Marisa.

Die nächsten Tage stellten sich wieder routinemäßig langweilig dar. Doch eines Abends als sie vor dem Fernseher saß, sah sie in den Nachrichten Carlo. Ihr Herz blieb fast stehen, als sie ihn sprechen hörte. Er erklärte im Interview, dass in Zukunft die Sicherheitsvorkehrungen an den Flughäfen auf jeden Fall verschärft werden, sodass so ein Attentat nicht mehr so leicht passieren würde. Er sprach vor der UNO-City in Wien.

Er war in Wien und hatte sich bei ihr nicht gemeldet? Na, ja er wusste sicher Besseres mit seiner Zeit anzufangen, als mit ihr über ihr verlorenes Privatleben zu plaudern.

Kurz vor 22 Uhr läutete das Telefon. Sie hatte sich schon schlafen gelegt und hob benommen ab.

„Hallo Marisa, schon geschlafen?"

„Ja, fast, wer spricht denn?" Sie
hatte Carlo wohl erkannt, doch wollte
sie ganz sicher sein.

„Carlo, dein Detektiv. Entschuldige,
dass ich so spät anrufe, doch ich
wurde ganz kurzfristig nach Wien
beordert und hatte bis jetzt keine
freie Minute."

„Ist schon in Ordnung, ich habe
zufällig dein Interview im Fernsehen
gesehen."

„Na dann glaubst du mir, dass ich
vorher keine Zeit hatte."

Zögernd fragte sie: „Gibt es
irgendwelche Neuigkeiten?"

„Leider nichts, das uns wirklich
weiterhelfen könnte, aber einiges habe
ich schon herausgefunden. Doch ich
möchte dir das nicht am Telefon sagen.
Mein Terminkalender ist leider sehr
knapp. Hättest du Zeit und
Gelegenheit, nach Wien zu kommen?"

„Ich habe mir einen VW-Golf gekauft,
ich könnte einen Tag Urlaub nehmen und
nach Wien fahren."

Carlo überlegte ein wenig und sagte: „Würdest du das wirklich auf dich nehmen? Wenn es dir recht ist, treffen wir uns in Baden bei Wien, dann brauchst du dir nicht den Stadtverkehr antun. Ich habe morgen in der Zeit von 12 bis 16 Uhr ein Zeitfenster. Leider muss ich am Abend schon wieder zurückfliegen."

„Ich komme, ich will doch erfahren, ob du es geschafft hast ein wenig Licht in das Dunkel zu bringen."

Er antwortete: „Ich freue mich wirklich, dich wieder zu sehen. Am besten wir treffen uns zu Mittag im Badener Kurhaus. Wir haben beide Telefon, also können wir uns nicht verfehlen."

„Gute Nacht, bis morgen. Ja, ich freue mich auch."

Marisa war nun hellwach und aufgeregt. Einerseits freute sie sich auf das Treffen, doch andererseits fürchtete

sie sich davor. Wie wird Carlo sich
ihr gegenüber verhalten? War er wieder
der lustige, nette Mann, der ihr beim
Angurten im Auto geholfen hatte, und
ihr was Nettes zugeflüstert hatte?
Oder ist er der reservierte Mann vom
nächsten Tag?

Wie auch immer, ein viel größeres
Problem war jenes, das alle Frauen
hatten: Sie hatte nichts anzuziehen.
Auf jeden Fall wird sie morgen Früh
zum Friseur gehen, vorher noch im Amt
um Urlaub ansuchen.

Die Nacht fiel sehr unruhig und kurz
aus Am Morgen wollte sie gar nicht in
den Spiegel schauen, sonst würde sie
das Treffen noch kurzfristig absagen.
Doch nach einer kräftigen Tasse Kaffee
hatte sie sich wieder gefangen. Sie
rief ihren Chef auf dem Privat-Handy
an und erklärte ihm, warum sie so
kurzfristig einen Urlaubstag in
Anspruch nahm. Dieser war sehr
verständnisvoll und wünschte ihr viel
Glück.

Um acht Uhr fuhr sie zu ihrer
Friseurin und sagte: „Entweder du

zauberst eine tolle Frisur auf meinen Kopf, oder du siehst mich nie wieder."

Diese schaute Marisa lachend an: „Was ist denn in dich gefahren, hast du ein Date mit einem Prinzen?"

„So ähnlich, also tu dein Bestes."

Nach einer Stunde blickte Marisa in den Spiegel und erkannte sich fast nicht mehr. Die nette Friseurin hatte sie in eine schicke Lady verwandelt. Sehr frech und jugendlich war der Schnitt. Sie fühlte sich sehr wohl und freute sich nun auf das Treffen mit Carlo. Im Kleiderschrank holte sie ihre Jeans und eine Trachtenbluse mit passender Jacke. Das war praktisch für die Autofahrt und sie fand dass man mit Tracht nie verkehrt angezogen war. Nach einem kleinen Frühstück fuhr sie voller Erwartung los. Die Zeit war auch günstig ohne gravierenden LKW-Verkehr und so war sie schon kurz nach 11 Uhr in Baden bei Wien. Nachdem sie ihr Auto geparkt hatte, ging sie in den Kurpark und flanierte bei den schönen Blumenrabatten umher. Carlo würde sie am Handy erreichen, weil sie

doch keinen fixen Treffpunkt
vereinbart hatten. Komisch, sie war
aufgeregt wie ein Schulmädchen beim
ersten Rendezvous. Die Zeit wollte
einfach nicht vergehen. Dann, endlich!
Der ersehnte Anruf, er war schon
unterwegs und würde in ein paar
Minuten vor Ort sein. Sie hatte vorhin
ein Restaurant entdeckt, das ihr
einladend erschien und sie sagte ihm,
sie würde dort auf ihn warten.

Kaum hatte sie Platz genommen, ein
Tisch war um diese Uhrzeit noch frei,
da kam Carlo und begrüßte sie
überschwänglich mit Bussis. Er sah
umwerfend aus. Seine blonden Locken
fielen in sein Gesicht, als er sich
über sie beugte und die Augen
strahlten sie an. Er kam
offensichtlich direkt von einer
Konferenz, weil er einen dunklen Anzug
mit Krawatte trug. Doch auch dieses
elegante Outfit trug er mit einer
natürlichen Lässigkeit, und ihr Herz
klopfte bis zum Hals.

„Ich freue mich so sehr, dass du die
Mühe der Fahrt auf dich genommen hast.
Schade dass uns nur ein paar Stunden

bleiben. Vorerst wollen wir was Gutes essen. Ich will auf jeden Fall irgendein typisch österreichisches Gericht."

Sie bestellten beide ganz einfach das Tagesmenü: Wiener Backhendl mit Kartoffelsalat.

Eine eigene Stimmung herrschte zwischen den beiden. Marisa hatte das Gefühl, Carlo wollte was sagen, ließ es aber doch und erzählte nur von seinem Flug nach Wien, der etwas überstürzt geplant wurde.

„Ich konnte dir vorher nicht Bescheid geben, ich habe selber erst vor drei Tagen von dieser Konferenz erfahren, sonst hätte ich mir die Zeit anders eingeteilt."

„Ist schon in Ordnung", sagte Marisa. „Ich kann zum Glück so kurzfristig frei nehmen. Aber nun erzähl einmal was du bis jetzt in meiner Sache herausgefunden hast."

Carlo schaute sie an und sagte: „Es ist ein relativ mildes Wetter, wollen

wir nicht im Kurpark spazieren und
anschließend in ein Café gehen?"

Warum wich er aus auf ihre Frage. War
die Antwort so schlimm?

Er bezahlte und sie gingen eine Weile,
dann blieb er stehen und sagte:
„Marisa, ich bin mir nicht sicher, ob
du hören willst, was ich bis jetzt in
Erfahrung bringen konnte. Deshalb will
ich es dir auch persönlich sagen. War
dir bekannt, dass dein Freund
spielsüchtig ist?"

„Carlo, verwechselst du da
irgendjemand. Ich müsste das doch
gemerkt haben."

„Ich sagte schon, du willst es
wahrscheinlich gar nicht wissen, doch
ich habe gute Beziehungen wegen meiner
beruflichen Stellung. Woher ich die
Quelle habe, kann ich dir nicht sagen,
doch dein Freund hat in der Nacht am
10. September in einer New Yorker
Spielbank, sein ganzes Barvermögen und
auch das Kreditkartenguthaben
verloren. Ich weiß auch in welchem
Hotel er logiert hatte. Es ist weit
genug vom Unglücksort entfernt, keiner

der Hotelgäste ist zu Schaden gekommen. Trotzdem hat sich die Person Michael Faber am 11. September 2001 in Luft aufgelöst."

Während Carlo ihr das sagte, hielt er beschützend seine Arme um sie.

Sie machte einen tiefen Atemzug und sagte: „Das muss ich erst einmal verarbeiten. Ich kann es kaum glauben, dass ich so blind und naiv war, nichts zu bemerken. Weißt du, wir hatten ja getrennte Kasse, das heißt, er hat sich ganz unwesentlich am Haushalt beteiligt, obwohl er bei mir gewohnt hat .Es hat mich nicht belastet, weil ich ein gutes Einkommen habe und sehr sparsam bin. Wie er sein Gehalt einteilte, habe ich nie gefragt, ich dachte er spart für unsere gemeinsame Wohnung. „

Carlo umarmte sie fester und hielt sie fest.

„Ich wollte dir keinen Schmerz zufügen, deshalb habe ich dich auch nicht angerufen, doch hier in der Heimat musste ich dich einfach sehen und es dir sagen."

Marisa fühlte sich geborgen in seinen Armen. Wieder erfasste sie ein Schauer wie damals, als er sie im Taxi leicht berührte. Sie wollte sich gar nicht von ihm lösen und lehnte sich an seine Schulter und plötzlich musste sie weinen. Es kam über sie ohne dass sie es zu verhindern vermochte. Doch sie weinte nicht weil sie sich von Michael so betrogen fühlte, sondern weil sie wusste, diese beschützende Hand wird sie bald nicht mehr spüren und sie war wieder allein.

„Entschuldige, dass ich mich so gehen lasse, ich bin eigentlich erleichtert, dass ich das wahre Gesicht von Michael nun endlich gesehen habe. Jetzt weiß ich auch, warum ich instinktiv sein Verschwinden gar nicht so sehr betrauert habe. Ich bin nur immer noch wütend und verunsichert wegen der Goldmünzen. Was ist, wenn die Erben des Samuel Goldstein die von mir zurück kaufen wollen."

„Kommt Zeit, kommt Rat", antwortete Carlo.

Er sah ihr tief in die Augen, bevor er weiter sprach. Ihre Seelen verschmolzen ineinander. Die Welt um sie drehte sich und es existierte nur mehr das Jetzt dieser beiden Menschen. Nichts war in diesem Augenblick wichtiger, als das Spüren des Anderen. Carlo fing sich als erster, räusperte sich verlegen und sagte: „Wenn er nicht verunglückt ist, was ziemlich unwahrscheinlich wäre, weil er weit genug entfernt war, dann wird er sicher einmal versuchen, diese Münzen zu verkaufen. Es müsste schon mit dem Teufel zugehen, wenn ihm das anonym gelingen sollte. Auf diese Münzen sind sicher die Erben vom Goldmann scharf. Denn nur in der gesamten Sammlung sind diese von fast unschätzbarem Wert. Außerdem würde diese Familie, die auch mit den Kennedys entfernt verwandt ist, Mittel und Wege finden, dass wieder alle Elf zum Familienbesitz gehören."

Marisa küsste ihn sanft auf die Lippen.

„Danke"

„So, und nun sprechen wir nicht mehr davon, sondern machen uns ein paar Stunden Zweisamkeit. Ich weiß noch so wenig von dir, außer deiner unglückseligen Liebschaft, erzähle."

Marisa antworte: „Bei mir gibt es sonst nichts Interessantes zu berichten. Ich fahre mit dem Fahrrad zur Arbeit, wandere liebend gerne in der schönen Natur. Roswitha ist meine beste und einzige Freundin, die auch die deine ist. Mein Vater ist unbekannt, ich liebe meine Mutter und das ist alles. Doch was ist mit dir? Bist du verheiratet, gebunden oder Vater?"

Diese Gelegenheit wollte sie am Schopf packen, denn diese Frage brannte schon seit Beginn auf ihren Lippen. Sie hatte nur nicht gewagt, solche Sachen anzurühren.

„Marisa, setzen wir uns in eine Weinstube. Ein Glas Wein dürfen wir beide nach dem üppigen Mittagessen trinken. Während dessen erzähle ich dir alles was du wissen willst aus meiner Vergangenheit."

Gesagt, getan, sie fanden bald einen kleinen Heurigen. Zum Glück war um diese Zeit schon geöffnet, mittlerweile war es fünfzehn Uhr und sie waren die ersten Gäste. Die Weinstube war sehr dekorativ mit Trockenblumen, Holzfässern und Keramiken ausgestattet. Zwischen den einzelnen Tischen war eine rohe Ziegelwand als Trennung geschichtet. Mit vielen Ausnehmungen, darin steckten Weinflaschen mit Erzeugnissen aus der Region Niederösterreich und dem Burgenland. Die Holztische, roh blank poliert, sahen sehr massiv aus. Auf den Bänken und Sesseln milderten bunte Polster die Härte des Holzes und luden zur gemütlichen Rast ein. Schade, dass sie nicht mehr Zeit hatten, dieses gemütliche Ambiente zu genießen.

Marisa fing sich als erste und hob ihr Glas: „Auf dein Wohl, und danke für deine Bemühungen. Doch nun erzähl bitte was von dir."

Carlo stieß sein Glas an das ihre und trank einen Schluck.

„Marisa, es ist schwer, ich weiß
nicht, wo ich beginnen soll. Über
meinen Beruf hast du schon einiges
erfahren, doch wie ich dazu kam, ist
auch eine eigene Geschichte. Meine
Heimat ist ein kleiner Bergbauernhof
in der Steiermark. Meine Eltern leben
noch, ich bin zwar der Ältere, aber
den Bauernhof hat mein jüngerer Bruder
übernommen."

Marisa merkte, dass es ihm sichtlich
schwer fiel, darüber zu sprechen, doch
er gab sich einen Ruck und erzählte
weiter.

„Als Jugendlicher war ich bei der
Freiwilligen Feuerwehr mit
Begeisterung dabei so wie die meisten
in diesem Alter. Meine Schulnoten
waren sehr gut, deshalb schickten mich
die Eltern auch auf das Gymnasium. Sie
taten dies nicht gerne, denn ich
sollte ja den Hof übernehmen. Doch sie
meinten, wenn ich anschließend
Agrarwirtschaft studiere, wäre es in
Ordnung. Nach dem Abitur habe ich auch
ein Semester Landwirtschaft studiert.
Doch dann wollte es das Schicksal doch
anders." Carlo machte eine Pause,

trank einen Schluck und überlegte anscheinend, ob er weiter sprechen wollte. Marisa nahm seine Hand in die ihre und sagte: „Wenn es dir schwer fällt darüber zu sprechen, dann lass es."

„Doch, ich muss darüber sprechen, denn es belastet mich schon so lange. Und ich denke, bevor man einen gemeinsamen Schritt in die Zukunft wagt, sollten alle Karten auf dem Tisch liegen." Zögernd und mit rauer Stimme erzählte er weiter.

„Ich hatte im Nachbardorf meine erste große Liebe, Marie und wir feierten mit einigen Freunden Silvester. Wir tranken leider auch etwa zu viel. Und so kam es wie es kommen musste."

Carlo trank wieder aus seinem Glas, Tränen traten in seine Augenwinkel.

„Ich holte gerade die Silvesterraketen aus der Scheune, es war knapp vor Mitternacht. Da erwischte ich Marie in

einer Ecke wie sie mit meinem besten
Freund im Stroh lag. Ich war so
dermaßen wütend, dass ich ohne zu
denken, einen Kracher entzündete und
diesen in ihre Richtung warf. Diese
Dummheit hatte natürlich verheerende
Auswirkungen. Das Stroh fing sofort
Feuer und die Scheune brannte ab. Die
beiden konnten zum Glück gerettet
werden, doch Marie behielt eine
Feuernarbe an ihrer rechten Wange." Er
seufzte wieder schwer, bis er weiter
sprach.

„Die beiden haben später geheiratet,
und sie haben mich auch nie verraten.
Dass es meine Schuld am Feuer war, hat
mich so sehr aus der Bahn geworfen,
dass ich fast umgekommen wäre.
Roswitha hat mich mit ihrer lustigen
und netten Art gerettet und mich auch
überredet, das Studienfach zu
wechseln. Als es mir wieder besser
ging, wusste ich, meine Aufgabe im
Leben wird sein, Menschen vor Gefahren
zu schützen. Und so bin ich zu diesem
Beruf gekommen."

Marisa schwieg und sie war dankbar,
dass er ihr so großes Vertrauen

schenkte, dass er ihr sein dunkles Geheimnis verriet.

„Liebst du diese Marie noch?" fragte sie.

„Nein, auch damals war es nur verletzte Eitelkeit, wir hatten uns schon längst entfremdet. Die beiden haben mich auch zu ihrer Hochzeit eingeladen. Und vor einigen Jahren hatte ich Marie angeboten, ihr in den USA einen Schönheitschirurgen zu bezahlen. Sie hat mich nur ausgelacht und gesagt, das sei ihre persönliche Note, ihr Mann würde sie sonst nicht wieder erkennen.

"Eine Frage habe ich noch, bevor du wegfliegst, bist du verheiratet?"

„Ich war es, bis vor einem Monat. Das heißt, offiziell bin ich es noch. Doch vor einem Monat bin ich ausgezogen und habe eine eigene kleine Wohnung. Die Trennungsphase fiel auch in die Zeit um Weihnachten, deshalb kam ich nach Europa und wollte Abstand von allem gewinnen. Das vergangene halbe Jahr war auch für mich eine schwere Zeit, ich wollte es einfach nicht wahrhaben, nicht akzeptieren, nicht mehr geliebt zu werden. Zum ersten Mal war New York auch nicht mehr meine geliebte Zweitheimat, sondern ich war ein Fremder in der fremden Stadt."

Marisa verstand nun seine kühle Reaktion in ihrer Wohnung, als er sich fast überstürzt verabschiedet hatte und sie auch lange nichts von ihm gehört hatte.

Nun war es Zeit, Abschied zu nehmen. Beide umarmten sich lange und hielten sich fest, so als wollten sie nie mehr auseinander gehen. Doch es musste sein. Marisa konnte nur noch hoffen und abwarten.

Kapitel 12

Arizona Frühling im Namenlos

Die Monate waren verflogen, oder waren es Jahre? Keiner der drei Techniker hatte seit sie in dieser Anlage tätig waren, das Gebäude wieder verlassen. Sie erhielten alles was sie zum täglichen Leben brauchten im Camp. Auch Sonnenlicht Leuchten standen zur Verfügung, sodass es zu keinerlei gesundheitlicher Mangelerscheinungen käme. Die drei arbeiteten wie besessen, oft glaubten sie, die Lösung endlich entdeckt zu haben. Dann war es wieder ein Flop.

Michael hatte wieder einmal ein seelisches Tief. Er konnte nicht einschlafen. Immerzu musste er an Lily denken und an die Chance, endlich aus der Gefangenschaft auszubrechen. Doch das schien unmöglich. Plötzlich klopfte jemand an seiner Zimmertür. Er stand auf, öffnete und Sammy schlüpfte herein, während er Michael zu

verstehen gab, nichts zu sagen. Er
legte einen Zettel auf sein Bett und
lachte:

„Hi, John, wie du siehst bin ich
wieder einmal da, wie geht es. Komm
mit in den Fernsehraum, es wird heute
eine tolle Show gesendet."

Dabei zwinkerte er ihm zu. Michael las
auf dem Zettel:

„Shirley hat ihren ersten Auftritt im
Fernsehen."

Das darf nicht wahr sein, hatte es
seine Lily doch geschafft. Ihr
Künstlername ist doch Shirley.

Sofort zog er sich an und ging mit
Sammy in den Fernsehraum. Er war ganz
selten dort, denn meistens war er zu
müde, um irgendeinen Film anzusehen,
der ihn nicht interessierte. Die
chinesischen Arbeiter waren hier
häufig in großen Gruppen vertreten.
Besonders wenn Sportsendungen liefen,
doch heute waren nur wenige hier und
Sammy und Michael hockten sich in die
gemütlichen Sessel. Michael war
aufgeregt und voller Erwartung. Eine

Show mit vielen Stars wurde gezeigt, unter anderem traten auch Nachwuchs-Künstler auf. Endlich! Seine Lily, nun als Star Shirley.

Sie war überwältigend schön mit ihrem Make-up, dem Glitzerkleid und vor allem ihre traumhafte Stimme weckten wieder heiße Gefühle in ihm. Erst jetzt wurde ihm bewusst, dass er schon eine Ewigkeit nicht mit einer Frau geschlafen hatte. Was dachten sich diese „Gefängniswärter", sollen diese Männer hier während ihres Aufenthaltes wie Mönche ewig ohne Sex leben?

„Na, ganz schön verliebt in diese kesse Kleine." Scherzte Sammy.

„Das stimmt, sie ist so heiß, dass ich vor Sehnsucht verglühe, warum wusstest du von ihrem Fernsehauftritt?"

„Weil sie es mir sagte, als ich mit ihr telefonierte, du hattest mich doch darum gebeten. Übrigens geht sie mit der Truppe in den nächsten Wochen auf Tournee nach Kalifornien."

Michael war verzweifelt, wie könnte er aus diesem Gefängnis fliehen?

Er bräuchte viel Geld, um Fluchthelfer zu organisieren. Er fasste einen Plan, er musste seine Beute, die Goldmünzen verkaufen. Doch wem konnte er trauen? Wenn ein Fremder dieses Stück in Händen hielt, wird er es verkaufen und das Geld für sich behalten. Er bräuchte nur eine Nacht das Camp verlassen, niemand würde es bemerken, denn in der Nacht war jeder für sich. Der einzige der ihm helfen könnte, wäre Sammy. Der kann jederzeit ungehindert hinaus, wenn er einen Auftrag seiner Bosse zu erledigen hatte. Er musste es wagen, ihn in seine Idee einzuweihen. Vorher sollte ein Inserat in der Zeitung einen Käufer anlocken.

BUCH DER CAUSARIUS MÜNZE FÜR SAMMLER
Das würde genügen, denn diese Münze kannte nur ein Fachmann. Niemand sonst würde dieses Inserat verstehen.

Darunter müsste noch stehen:
TREFFPUNKT TUCSON Chiffre CAUSARIUS
bekannt geben. Erst musste er Sammy
bitten, für ihn das Inserat in der
Zeitung zu veröffentlichen.

Er besaß ja noch ungefähr dreihundert
Dollar in bar. Hier im Camp herrschte
keine freie Marktwirtschaft. Er hatte
bisher keine Gelegenheit auch nur
einen Cent auszugeben. Von der
Zahnbürste bis zum Arbeitsanzug wurde
alles und jedem zur Verfügung
gestellt. Unter anderen Bedingungen
wäre dies sogar ein paradiesähnlicher
Zustand. Aber das war eine verstellte
Politik. Denn jeder von ihnen musste,
um dieses sogenannte Sozialsystem
aufrecht zu erhalten und in Anspruch
zu nehmen arbeiten. Umsonst erhielt
auch hier im Namenlos kein Mensch auch
nur ein Glas Wasser.

Er dachte für fünfzig Dollar wäre Sammy sehr gut bezahlt. Dieses kleine Inserat kostete höchstens die Hälfte davon. Für das Rausschmuggeln war der Preis natürlich höher.

Als Michael Sammy einen Zettel mit diesem Ersuchen überreichte, kratzte dieser wie gewöhnlich seinen Kahlschädel.

„Meinst du nicht, dass das ganze Unternehmen ein großes Risiko für uns beide wäre."

„Sammy, nicht ganz, denn ich bliebe nur ein paar Stunden weg um ein Geschäft zu organisieren, ich bin dann wieder da um wie gewöhnlich weiter zu arbeiten. Ich weiß doch selbst, ich kann hier erst weg, sobald wir das Forschungsprojekt fertig haben. Niemand würde mich während der Nacht vermissen."

Der nahm den Inserat-Text in die Hand, überlegte kurz und die Antwort lautete. „Ok, warten wir einmal ab, ob eine Reaktion im Inseratenteil der Zeitung folgt."

Kapitel 13

New York Firth Avenue

Wie jeden Morgen hatte sein Butler die Morgenpost gebracht und auf seinem Schreibtisch geordnet vorgelegt. Mehrere bekannte Wirtschaftszeitungen, aber auch Boulevard Presse. Isaac Goldman saß an seinem Schreibtisch und las die Neuigkeiten unter anderem in der New York Times. Die Teetasse in der Linken und die Zeitung in der Rechten versuchte er umzublättern. Da fiel ihm ein Wort auf: CAUSARIUS.

Er stellte die Teetasse beiseite und las den Text. BUCH DER CAUSARIUS MÜNZE: Was verbarg sich hinter diesem Inserat? Seine Vorfahren waren die Besitzer dieser kompletten Sammlung gewesen. Sein Vater war leider vor fünf Jahren verstorben. Er wusste, dass seine Eltern zu Beginn des Zweiten Weltkrieges unter sehr gefährlichen Umständen über die Schweiz dann in die USA geflohen waren. Er hatte ihm diese sechs

Goldmünzen geschenkt, als er sein
Wirtschafts-Studium geschafft hatte.
Die Geschichte, der fehlenden fünf
Münzen hatte er bei diesem Anlass auch
erzählt. Damals sagte er:

„Es wäre schön, wenn du diese Münzen
zu einem fairen Preis wieder erwerben
würdest. Sie stellen für unsere
Familie den Wert über Leben und Tod
dar. Damals habe ich sie als Pfand
einer großen Freundschaft hergegeben.
Eigentlich war es ein Tausch für die
Gelder die ich für die Flucht erhalten
habe. Mein Freund hatte mir auch
versichert, dass sie wieder in unsere
Familie zurückgegeben werden. Leider
fehlten mir die Kraft und der Mut
dazu, wieder nach Europa zu reisen.
Die Erinnerung war zu schmerzhaft für
mich. "

Was hatte es mit diesem Inserat auf
sich? War es eine Spur zum verlorenen
Familienschatz? Er rief seinen Butler
und beauftrage ihn, noch am Vormittag
seinen Privatsekretär zu einer
Konferenz in sein Büro zu schicken.

Pünktlich um zehn Uhr dreißig trat
dieser in das Büro von Isaac Goldman.
Der redete nicht lange herum und
beauftragte Mr. Smith, das besagte
Inserat zu beantworten und auch
Recherchen bezüglich der Auftraggeber
zu starten. Streng vertraulich sei
diese Order, fügte er noch hinzu.
„Ich werde Sie nicht enttäuschen, Mr.
Goldman. Diskretion war doch stets
mein Bestreben", schmollte beleidigt
der Sekretär.

„Mr. Smith, ich wollte Sie nicht
kränken. Ich schätze Ihre Arbeit sehr,
sonst würde ich Sie doch nicht mit so
heiklen Privatsachen beauftragen. Nur
diese Sache liegt unserer Familie
besonders am Herzen."

Damit war Mr. Smith entlassen und
Isaac saß noch lange am Schreibtisch
und überlegte:

Sein Vater hatte ihm doch erzählt,
dass diese Münzen in Europa geblieben
seien. Wie kamen sie in die USA? Sein

Sekretär war ein äußerst tüchtiger und
diskreter Angestellter, doch dies war
doch ein zu heikler Auftrag, dazu
müsste er einen Spezialisten ansetzen.
Ein Familienrat sollte über die
weitere Vorgehensweise entscheiden.
Vielleicht war dieses Inserat ein
Hirngespinst und es handelte sich
wirklich nur um ein Buch.

Am Abend war die Familie komplett
versammelt: Isaac Goldman, seine
Frau Sarah, deren Sohn Simon mit
Gattin Judith.

 Die üppige Sarah näselte nervös: „Was
machst du für ein Getöse um diese
Zeitungsente, bist du meschugge? Wenn
das Onkel Simon erfährt, der lacht
sich ins Fäustchen. Und wir bleiben
das Gespött unserer Sippschaft „

„Weib, zuerst hörst du zu, was ich zu
sagen habe, erst dann sprichst du."
Isaac war verärgert über seine Holde,
die nichts Besseres im Sinn hatte als
über das Gerede der Verwandtschaft
nachzudenken.

Sein Sohn Jakob schwieg, denn wenn
sein Vater in so einem Ton mit der

Mutter sprach, war es ernst. Denn zu Hause hatte sie das Sagen. Obwohl er einer der mächtigsten Banker der Ostküste war, kuschte er vor seiner lieben Ehefrau. Kein Geschäftsfreund würde das vermuten, Isaac ein Pantoffelheld. Aber das kommt sehr häufig bei Männern vor, die nach außen hin hart und unnachgiebig sind. Auch bei Jakob war es ähnlich, seine Ehefrau verbrachte ihre Freizeit in Schönheitssalons worüber er sehr froh war. Nur so war die Zeit mit ihrem Gekeife zu ertragen. Doch heute war sie gezwungen, auch dem Familienrat beizuwohnen. Schließlich ging es um ihr Familienerbe.

Nachdem das Personal das Gedeck abgeräumt hatte, begaben sich alle in die Bibliothek des Hauses.

Isaac und Jakob schenkten sich jeweils einen Whisky ein, Sarah nippte an ihrem Cognacglas während sie beleidigt ihrem Gatten einen bösen Blick zuwarf. Der besagte: „Na, warte, das wirst du mir büßen!" Nur die schmalbrüstige Judith trank ein Glas Quellwasser, sie musste doch ihre Figur behalten.

Isaac Goldman breitete auf seinem Schreibtisch eine Reihe von Pergamentpapieren und eine Schatulle aus. Er begann:

„Ihr kennt ja alle die Geschichte meiner Väter. Sie reicht bis weit vor dem Mittelalter zurück. Alle handelten, so wir auch, mit Gold und Geld. Der Ursprung dieser erfolgreichen Wirtschafts-Dynastie lag im Erwerb der zwölf Apostel der Causarius Münzen. Der zwölfte ging beim ersten Geschäft verloren, es blieben die sogenannten elf Apostel ohne Judas übrig. Sie bildeten anfangs das Kapital, welches sich rasch vermehrte, sodass die Münzen alsbald nur mehr einen Traditionswert für die Familie darstellten. Aber sie besaßen auch die Kraft über Leben und Tod der Familie zu sein. Zuletzt bei meinem Großvater im Jahr 1938. Er hatte die Apostel als Pfand für die Freiheit eingesetzt. Fünf dieser Münzen blieben in Europa bei seinem Freund und waren bis jetzt unauffindbar. Dieses unscheinbare Inserat könnte die Spur dahin führen. Denn diese Goldmünzensammlung gibt es nur einmal auf der Welt. Sechs davon sind noch in unserem Besitz. Hier sind sie auf meinem Schreibtisch mit den Echtheitszertifikaten. Ich erwarte eure Vorschläge."

Er trank einen kräftigen Schluck und sah seine Familienmitglieder fragend an.

Seine Ehefrau Sarah rutschte mit ihrem mächtigen Hinterteil im Polstersessel noch ein wenig tiefer und meinte:

„Du wirst schon richtig handeln, kauf sie einfach zurück, wenn sie echt sind."

Jakob versuchte vorsichtig einen Einwand. „Woran kann man erkennen, dass sie echt sind?"

„Eigentlich ist es ganz einfach, denn wir besitzen die sechs Originale, dazu fehlen die fünf Übrigen. Das kann kein Fälscher wissen, welche die fehlenden wären."

Judith, die sonst wenig Interesse an Familienbelangen zeigte äußerte sich erstmals.

„Jakob, wir hatten doch bei der letzten Vernissage ein Gespräch mit diesem Dr. Berger, der für die Sicherheit der UNO Konferenzen zuständig ist. Kontaktiere ihn, ich denke der ist gewohnt, alles diskret zu verhandeln."

Die übrigen Anwesenden blickten erstaunt zu Judith. Solche Geistesblitze waren sie nicht von ihr gewohnt. Doch wenn es ums Geld ging, schaltete sie offensichtlich auch ihre Gehirnzellen ein.

Der Chef des Hauses bemerkte noch anerkennend: „Judith, danke für diese Idee, gleich morgen wird Jakob mir diesen Dr. Berger vermitteln. Vorerst werde ich das Inserat nur im Auge behalten."

Damit war der Familienrat beendet. Sarah küsste noch ihre „Kinder" überschwänglich und rauschte ohne ihren Gatten anzusehen aus dem Zimmer in ihr Privatgemach. Heute würde sie sicher wieder Migräne haben.

Doch das war Isaac heute einerlei, er freute sich auf den Abend im Club.

Anschließend könnte er noch seine
Geliebte besuchen, aber diesen
Gedanken ließ er noch offen, je
nachdem wie er Lust hatte.

Zur selben Zeit saß Michael beim
Abendessen mit seinen zwei Kollegen.
Heute hatte es chinesische Nudeln mit
vielerlei Gemüsen gegeben. Als Dessert
frische Erdbeeren. Die Küche war sehr
gut, wenn es nur nicht diese
geschlossene Anstalt wäre, wo sie
keinen Kontakt zur Außenwelt hatten.

„Mr. Dobosch, wundert es Sie nicht
auch, dass wir hier mitten in der
Arizona-Wüste eine solch exzellente
Küche haben? Wo kommen diese
Lebensmittel für so viele Menschen
her?" wagte Michael einen Vorstoß
seiner Gedanken.

„John, Sie als moderner Mensch wissen
doch um die Kühlmöglichkeiten des
einundzwanzigsten Jahrhunderts ,da ist
so etwas nichts Besonderes, die werden
wahrscheinlich große LKW-Lieferungen
erhalten, während wir eine Etage

tiefer fleißig an unserem Projekt arbeiten."

„Das ist mir alles klar, aber Sie wissen ja, dass ich mit Jimmy im Land Rover hierher kam und ich sah nichts als Wüste und Steine und eine holprige Landstraße. Dann ein riesiges Tor und diese Fabrikhalle mit unseren vergitterten Fenstern. "

Dr. Jaikovsky schaltete sich ein: „Sollten wir nicht unsere gedankliche Energie unserem Projekt widmen. Was interessiert uns, wie die unser Essen herbeischaffen, wichtiger ist wie wir endlich zu einem Ergebnis kommen. Mir wird es langsam eng in meinem Quartier."

Michael dachte, also geht es nicht nur mir so. Er wusste gar nicht mehr, waren es Monate oder Jahre, die sie hier in der Gefangenschaft verbracht hatten. Ihm kam es vor, als wären es Jahrzehnte. Einmal noch versuchte er nach außen zu gelangen, doch sofort war ein Chinese da, und hinderte ihn daran. Er war zu feige um sich durch

zu setzen, also ging er kleinlaut
wieder auf sein Zimmer um zu lesen.

Die drei zeichneten, bauten ein
kleines Modell, dieses wurde in der
Nebenhalle in reale Größe projiziert,
und wieder funktionierte es nicht. Sie
waren schon sehr frustriert über ihr
misslungenes Bemühen.

Später, in seinem Bett dachte er
wieder an das Inserat, das Jimmy für
ihn in die Zeitungen schalten sollte.
Ob er das für ihn erledigt hatte? Er
dachte damals blauäugig, dass fünfzig
Dollar reichen würden. Sammy knöpfte
ihm lächelnd zweihundert ab. Ihm blieb
keine Wahl, er musste es riskieren und
zahlte. Das war schon drei Wochen her.
Seitdem war Sammy verschwunden. Es war
lächerlich, wegen läppischen
zweihundert haut der nicht ab.

Trotzdem konnte er es nicht erwarten
von ihm was von draußen zu erfahren.
Ob er von seiner Lily auch eine
Botschaft hatte? Er stand auf und ging
in den Fitnessraum. Er musste sich
bewegen und seinen Frust abtrainieren,
sonst würde er noch verrückt.

Anschließend ließ er sich massieren, er hatte Glück, dass ein Termin gerade frei war. Müde und etwas entspannt, konnte er sich endlich zur Ruhe begeben.

Am nächsten Abend war plötzlich wieder der Tisch des Chefs also der Mao-Verschnitt, mit zwei Fremden und Mr. Bright besetzt.

Wie Michael diesen Jack hasste, er hatte ihn gefangen und hierher gelockt. Wenn er nicht wäre, könnte er bei Lily sein.

„Hi, John, wie geht es den Wissenschaftlern?" Sammy hatte sich wieder lächelnd wie immer mit einem übervollen Tablett Speisen zu ihnen gesetzt."

„Na, endlich, wo hast du denn so lange gesteckt?" antwortete Michael. Mr. Dobosch und Dr. Jaikovsky nickten nur zum Gruß.

„Ach, ich hatte diesmal eine längere Auftragsreise zu erledigen. Übrigens hatte ich die Gelegenheit eine tolle Popsängerin kennen zu lernen. Ein neuer Stern am Pop und Soulhimmel, eine gewisse Shirley. Ihr werdet sie nicht kennen, sie ist eine ganz neue Entdeckung." Während er dies sagte lachte er und zwinkerte Michael zu. Dieser hielt es fast nicht mehr aus. Sammy hatte sich mit „seiner" Lily getroffen.

„Und, was spricht deine Bekanntschaft?" fragte er ihn mit heiserer Stimme.

„Sie freute sich schon auf ihre Tournee nach Kalifornien. Es ist schade, dass ihr hier nicht wegkönnt um ihr Konzert zu besuchen."

Michael war sauer, wollte ihn Sammy reizen bis zur Weißglut. Er machte sich über ihre Gefangenschaft auch noch lustig.

„Na, ja wenn wir durch die Portiersperre des Chinesen kämen, was würde das denn bringen. Draußen gibt es doch weit und breit nichts als Wüste und Steine, " antwortete Michael.

Das Essen schmeckte ihm an diesem Abend nicht mehr, er musste ständig an die Ausweglosigkeit seines Schicksals denken. Also verabschiedete er sich bald und begab sich auf sein Zimmer.

Dieser Sammy war ein Sadist, sonst würde er nicht so sprechen und ihm so offensichtlich von der Bekanntschaft mit Lily erzählen.

Michael versuchte sich abzulenken und tüftelte auf einer Skizze seinen nächsten Entwurf für ihr Technikprojekt. Arbeiten war meistens die beste Medizin gegen den Lagerkoller.

Während er konzentriert bei der Sache war, klopfte es an seiner Zimmertür. Sammy wollte herein, mürrisch sagte er zu ihm: „Was willst du noch, du benutzt deine Freiheit, um dich mit meiner Freundin zu treffen." Dieser lachte hellauf.

„So arg ist es mit deiner Liebe, dass du sogar bei einem Gespräch vor Eifersucht auszuckst?"

„Du weißt doch selber, dass ich hier gefangen bin. Du kannst leicht lachen, denn deine Kurierdienste bringen dir viel Freiheit. Gibt es eine Reaktion auf das Inserat?"

„So, mein liebeskranker John. Erstens habe ich das Inserat deshalb zu diesem Zeitpunkt für dich geschaltet, weil ich wusste, dass ich nach New York musste und längere Zeit draußen wäre. Deine Freundin habe ich bei dieser Gelegenheit persönlich kontaktiert, sie könnte dir bei deinem Vorhaben nützlich sein. Übrigens, wirklich eine scharfe Kleine." Sammy kratzte sich wie gewohnt, seinen kahlen Schädel und machte es sich auf dem Bett von Michael gemütlich nieder.

Er legte dabei eine Ausgabe der New York Times auf den Schreibtisch von Michael und sagte nur:„ Seite 34"

Der blätterte diese Seite auf und las: INTERESSE AN CAUSIRIUS TUCSON daneben unscheinbar eine Telefon-Nummer.

Michaels Herz schlug ihm bis zum Hals. Es gab doch einige Sammler die diese Münzen kannten. Vielleicht war es sogar die jüdische Familie, von der Marisa damals erzählt hatte. Wie sollte er weiter vorgehen? Er musste auf jeden Fall selbst hinaus und irgendwie nach Tucson gelangen. Und wenn das eine mehrstündige Autofahrt wäre. Diesen Deal konnte nur er selbst erledigen.

„Sammy, welche Nacht kannst du mich hinaus schmuggeln und nach Tucson fahren? Ich zahle dir 1.000 Dollar für diese Fahrt, doch ich muss diese Leute persönlich sprechen."

„Morgen habe ich eine Kleinigkeit draußen zu erledigen, da könnte ich für dich einen Treffpunkt vereinbaren", antwortete Sammy.

Wie Michael die folgende Nacht und den langen Arbeitstag überstand, wusste er nicht. Jedenfalls bekam er ein paar Mal von Dr. Jaikovsky eine Abmahnung. „Klitschko" herrschte ihn ganz hart an. „Wenn du dich nicht konzentrierst und weiter so nachlässig arbeitest, hole ich mir statt dir einen Chinesen von der Fertigungshalle. Und du darfst dich an das Fließband stellen." Davor fürchtete er sich und er gab sich einen Ruck.

Der Nachmittag lief etwas besser und am Abend nahm er sich eine ausgiebige Portion auf seinen Teller, um etwas länger am Tisch zu sitzen, bis Sammy sich zu ihnen gesellte. Der griff auch gleich das Thema auf und sagte zu Michael. „Na, John, du siehst gerädert aus. Verbrachtest einen harten Tag heute? Du siehst so abgespannt aus, gönn dir doch eine Massage, ich habe gestern für dich schon einen Termin eingetragen."

„Kannst du in die Zukunft sehen? Ich benötige heute wirklich eine Massage." Er verabschiedete sich und ging zum Fitnessraum.

Als Michael eine Stunde später entspannt in seinem Bett lag, trat Sammy in sein Zimmer, das er vorsorglich nicht versperrt hatte.

„Kommenden Samstag kann das Ding gestartet werden. Nach dem Abendessen komme ich zu dir ins Zimmer. Warte ab und stelle keine Fragen."

Und schon war Sammy verschwunden.
Michael überlegte noch einmal Punkt
für Punkt seine Verhandlungsstrategie
mit den Interessenten. Vorläufig
wollte er eine einzige der Goldmünzen
ins Spiel bringen. Falls wirklich die
ursprünglichen Besitzer die Käufer
waren, würden sie unbedingt alle fünf
haben wollen. Und diese würde er erst
dann zum Kauf anbieten, sobald die
geforderte Summe auf seinem Konto war.
Einen Teil bräuchte er bar, denn er
hatte keine Hoffnung mehr, dass sie
freiwillig aus dem Gefängnis entlassen
würden. Und für die Flucht benötigte
er Dollars.

„Sammy, ich komme mit dir, und wenn
ich mein Ding verkaufen kann, erhältst
du sofort deine tausend Dollar, ich
gebe dir mein Wort."

Der blickte ihn nachdenklich an und
meinte: „Na, ja, davonlaufen kannst du
ja nicht, deshalb bin ich damit
einverstanden. Ich werde für dich bei
der Großmarkthalle in Tucson einen
Treffpunkt vereinbaren: „

Michael überlegte, welchen Betrag er
für die erste Causarius Münze
verlangen konnte. Der Wert belief sich
auf sagenhafte 120.000 Dollars, wenn
er für die eine Münze die Hälfte
verlangte, könnte er für die anderen
vier sicher auf 400.000 handeln, denn
dann wäre die Sammlung komplett und
er sowie die Käufer hätten einen Super
Deal gemacht und könnten zufrieden
sein.

Beruhigt schlief er ein.

Kapitel 14

Während dessen war es Sommer geworden,
Marisa verbrachte sehr viel Freizeit
bei ihrer Mutter. Sie telefonierte
zwei Mal pro Woche mit Carlo. Einmal
rief er sie an und das nächste Mal sie
zurück. Doch das war ihr zu wenig. Wie
sollte ihre junge Beziehung wachsen,
wenn sie so weit entfernt voneinander
wohnten. An einem Samstag klingelte
wieder das Telefon und Carlo war am
Apparat: „Überraschung! Was würdest du
davon halten, wenn ein Fremder an
deiner Tür klingelt und ein
Nachtquartier sucht." Marisa verstand
nicht sofort was er meinte, daraufhin
sagte er: „Thea, schau aus dem
Fenster."

Ihr blieb vor Freude fast das Herz
stehen, als sie sich aus dem Fenster
beugte und unten ihren Carlo stehen
sah.

Beide verbrachten nach einer
leidenschaftlichen Begrüßung einen
wunderschönen Abend mit einer

nachfolgenden noch heißeren Nacht. Sie konnten gar nicht genug voneinander bekommen und entdeckten immer wieder Neues, womit sie den anderen beglücken konnten. Beim Frühstück sagte dann Marisa:

„Warum hast du mir nicht verraten, dass du kommst?"

„Zuerst wollte ich meine privaten Dinge in Ordnung bringen. Ich bin nun nach monatelangem Kampf geschieden. Obwohl meine Frau mich im Vorjahr verlassen hatte, wollte sie mich doch als Sicherheit behalten und nicht in eine Scheidung einwilligen. Also ich bin frei für neue Abenteuer, wie du siehst." Sagte er lachend. Marisa strich über seinen Lockenkopf und blicke ihn tief in seine meeresblauen Augen. „Bist du auch wirklich bereit für eine neue Bindung, wenn du erst solch schmerzvolle Erfahrungen hinter dir hast?"

„Thea, ich liebe dich und ich spüre, dass wir wunderbar zueinander passen. Wir müssen unsere Beziehung sowieso langsam festigen, denn unsere beruflichen Verpflichtungen lassen uns vorerst keinen großen Spielraum. Doch kommt Zeit, kommt Rat. Es wäre schön, wenn es dir möglich wäre, kommende Woche Urlaub zu nehmen. Du sagtest einmal, dass du einen netten verständnisvollen Chef hast. Wenn es nicht möglich ist, warte ich die kommende Woche täglich auf dein Nachhause kommen und koche für uns."

Marisa recherchiert kurz ihren Arbeitsplan und rief ihren Chef bei seiner Privatnummer an.

„Herr Amtsleiter Mag. Mecker, es ist ein außergewöhnlicher privater Notfall bei mir. Ich benötige dringend eine Woche Urlaub." Der lachte und sagte „Warum so förmlich mit Amtstitel Marisa, du sagst ja sonst auch immer Meck zu mir, ist es sehr wichtig?"

„Ja, mein Carlo ist ganz überraschend
aus New York gekommen und wir wollen
eine Woche in den Bergen wandern
gehen."

Seine Antwort war: „Ist in Ordnung,
aber nur unter der Bedingung, dass du
nächste Woche wieder singend und
lachend deine Arbeit antrittst.
Schönen Urlaub."

Marisa und Carlo küssten sich und
beide begannen sogleich zu packen.
Carlo hatte zwar keine Bergschuhe und
Wanderausrüstung im Gepäck, aber die
würde er einfach im Sportgeschäft
kaufen. Das Ziel war die
Obersteiermark, denn die Fahrt dahin
war nicht weit und irgendwo fanden sie
sicher ein Quartier. Marisa machte den
Vorschlag: „Was hältst du davon wenn
wir ins Sölktal fahren, das ist eine
noch unberührte wunderschöne Gegend
ohne Massentourismus."

„Ach ja, du hast recht, ich sehne mich
so sehr nach der Stille der Natur
gemeinsam mit dir zu erleben, ich
freue mich wahnsinnig."

Eine Stunde später fuhren sie los und waren schon vor Mittag am Ziel. In Gröbming suchten sie ein Hotel und weil es ihnen so gut gefiel, blieben sie da. Das Schloss Hotel bot einen weiten Blick ins Ennstal und ein gemütliches Ambiente. Ein Zimmer war noch frei und so verbrachten sie den Rest des Tages mit einem gemütlichen Spaziergang durch den Ort und sondierten auch das Sportgeschäft, wo sie am nächsten Tag Carlos Wanderausrüstung einkaufen würden. Als beide abends in ihren Betten lagen sagte Marisa: „Die Welt kann so schön sein."

Am nächsten Morgen planten sie nach dem Frühstück und Einkauf einen schönen geruhsamen Wanderweg. Sie fuhren nach Kleinsölk und anschließend bis zu einen Parkplatz der Ausgangstour zur Breitlahnhütte. Dieser Weg führte fast eben an vielen Wasserfällen vorbei bis zum Schwarzensee. Dieser See vermittelte ihnen eine Ruhe und Stille, die mystisch war. Beide waren so ergriffen vom Anblick des Sees, sodass sie sich schweigend an den Händen hielten.

Nur ab und zu rauschte ein
Flügelschlag eines Vogels über ihren
Köpfen hinweg oder ein Fisch sprang
plätschernd aus dem Blaugrün des
kristallklaren Wassers. Er war nicht
sehr groß, wahrscheinlich noch ein
Rest Schmelzwasser und von einer
Quelle gespeist. Am nächsten Morgen
gingen sie nach dem Frühstück und
Einkauf einen schönen geruhsamen
Wanderweg. Sie fuhren nach Kleinsölk
und anschließend bis zum Parkplatz,
wo die Ausgangstour zur Breitlahnhütte
begann. Dieser Weg führte nur ganz
leicht ansteigend über eine
Forststraße an vielen Wasserfällen
vorbei bis zum Schwarzensee. Dieser
See vermittelte ihnen eine Ruhe und
Stille, die mystisch war. Beide waren
so ergriffen vom Anblick des Sees,
sodass sie sich schweigend an den
Händen hielten. Nur ab und zu rauschte
ein Flügelschlag eines Vogels über
ihren Köpfen hinweg oder ein Fisch
sprang plätschernd aus dem Blaugrün
des kristallklaren Wassers. Er ist
nicht sehr groß, wahrscheinlich wird
er noch vom Rest des Schmelzwassers
und von einer Quelle gespeist.

Nach dieser meditativen Ruhe begaben sich die Beiden schweigend auf den Rückweg. Bei der Breitlahnhütte kehrten sie ein. Ein köstliches Mittagessen, bestehend aus frischen Forellen mit Salat ließen sie sich schmecken. Danach ging es frisch und fröhlich weiter. Sie beabsichtigten in erster Linie die Zweisamkeit zu genießen, sie suchten für die nächsten Tage keine sportlichen Herausforderungen, einzig das Eintauchen in die schöne Berglandschaft und das behutsame Herantasten an das Innere des Partners war für sie wichtig.

Die nächsten Tage verflogen leider viel zu rasch. Sie fuhren mit der Seilbahn auf den Dachstein und genossen von dort den traumhaften Ausblick. Im Ennstal und in den Sölker Tauern suchten sie bewusst leichte Wanderrouten aus. Sie kamen immer mehr zum Ergebnis, wie viele gemeinsame Interessen sie hatten. Im Nachhinein betrachtete sie vergleichsweise die Gemeinsamkeit mit ihrem Michael: Es gab nichts, was sie verband, außer der gemeinsamen

Wohnung, Tisch und Bett. Alles andere
war ein Wunschdenken von Marisa
gewesen.

Anders war es mit Carlo, beide liebten
die Natur, hatten dieselben
Lieblingskomponisten, lasen ähnliche
Bücher. Die Liste ihrer Interessen
wurde endlos.

Am Freitagabend feierten sie beide
traurig den letzten Abend ihrer
wunderschönen Zeit. Carlo hielt ihre
Hände fest und blickte ihr tief in die
Augen. „Marisa, wärst du
einverstanden, wenn wir morgen sehr
früh schon wegfahren. Ich würde dich
gerne mit meiner Familie bekannt
machen."

Marisa schloss die Augen und atmete
tief durch, worauf Carlo sie
erschrocken fragte: „Hab ich dich mit
meinem Wunsch überfallen?"

„Nein, im Gegenteil, ich bin so
glücklich darüber, denn das beweist
mir, dass du es ernst mit uns meinst."

Sie packten noch am Abend und am Morgen nach dem Frühstück fuhren sie los. Carlos Heimat lag ja direkt nah am Rückweg. Sie fuhren nach der Abfahrt Bruck auf die Bundesstraße nach Breitenau am Hochlantsch. Etwas außerhalb des Ortes lag der Bauernhof, den Carlos jüngerer Bruder übernommen hatte. Marisa war ganz begeistert von diesem Gebäude. Ein Haus, wie man es immer in alten Heimatfilmen sah. Ein weißgekalkter Bau mit Holzbalkonen und vielen roten Begonien. Auch die herzliche Begrüßung seiner Familie wirkte ganz natürlich und ehrlich. Sie fühlte sich richtig wohl. Der Bruder Hans und seine Frau Marie nahmen Marisa mit einer Selbstverständlichkeit auf, also ob sie schon längst zur Familie gehöre. Auch ihre beiden zehn und zwölf Jahre alten Kinder Lisa und Jan waren nett. Die Eltern, die im sogenannten Austraghaus wohnten, freuten sich sichtlich ihren weitgereisten Sohn in die Arme zu schließen. Dass sie mit Marisa sich auch unterhalten konnten, was mit Carlos Exfrau etwas schwierig wegen der Sprachbarriere war, erleichterte die Kommunikation.

Nach dem Mittagessen machten die zwei Brüder einen Rundgang um das Anwesen. Der Bruder versorgte seine Familie hauptsächlich mit Erträgen aus der Forstwirtschaft. Die Rinderzucht war nur ein Nebenerwerb.

Während dessen saßen die Frauen bei einem Kaffee in der Küche. Sie plauderten über die Arbeit, Marie über die Kinder und Marisa erzählte von ihrem gemeinsamen Urlaub mit Carlo. Sie schwärmte so von der Naturlandschaft, sodass Marie sie ansprach und fragte: „Du bist auch ein Naturkind, warum hast du einen Büroberuf erlernt?"

„Das hat sich durch meine Familie ergeben, die kommen aus der Stadt und ich bin mit dem Landleben nie direkt in Berührung gekommen, obwohl ich in Gratwein aufgewachsen bin. Später bin ich in der Stadt Graz zur Schule gegangen. Die Natur und ihre Schätze habe ich erst richtig als Erwachsene verstanden."

Später kamen auch Carlo und Hans in die Stube, man sah ihnen an, dass sie über etwas eine hitzige Debatte geführt hatten. Marie lachte und sagte: „Na, was ist mit den zwei Brüdern, habt ihr Euch schon wieder wegen der Welt Politik in die Haare gekriegt?"

Carlo antwortet: „Nein, diesmal nicht, aber dein lieber Mann hat mir einen interessanten Vorschlag gemacht. Ich muss erst mal darüber schlafen. Und nun wollen wir auch was von der süßen Mehlspeise bekommen, bevor die Damen alles wegfuttern." Er wollte offensichtlich nicht darüber sprechen, über was die beiden Brüder diskutiert hatten.

So verging der Nachmittag lustig und beschwingt mit dem Geplänkel der Brüder und den Frauen. Schade, dass es bald hieß, Abschied zu nehmen.

Zu Hause bei Marisa blieben ihnen nur mehr ein paar Stunden, bis Carlo nach Wien zum Flughafen musste.

„Marisa, was hältst du davon, mich in New York zu besuchen?"

„Vielleicht, die Stadt ist sicher sehenswert, wir sprechen noch darüber."

Dann war Marisa wieder allein in der Wohnung, noch voll in Gedanken der Erlebnisse der vergangenen Woche. Sie war glücklich und traurig zugleich. Doch die Zuversicht, dass sie mit Carlo eine gemeinsame Zukunft haben wird, überwiegte.

Kapitel 17

Arizona

Die Woche zog sich und bis zum Ende hin wurde Michael immer nervöser. Wie würde Sammy ihn aus dem Camp schmuggeln können, ohne Risiko. Einerseits fürchtete er sich, aber andererseits glaubte er doch, dass dies seine einzige Chance war, diesem Gefängnis irgendwann zu entkommen.

Am Freitagabend saß Sammy wieder an ihrem Tisch. Er kratzte sich wie üblich am Hinterkopf während er dröhnend lachte: „Na, sind die Herren auch so fleißig wie ich, ich werde morgen Überstunden leisten und bis spät in die Nacht arbeiten, ich habe viel zu liefern."

Herr Dobosch und Jaikovsky blickten ihn nur geringschätzig an, sie dachten wohl, was dieser Laufbursche sich herausnahm. Sie, die Techniker arbeiten hochgeistig an einem Forschungsprojekt, sie brauchten ihre Ruhepausen.

Michael verstand, dass dieser Hinweis von Sammy ihm galt und sagte: „Ich habe noch viele Daten von Ihnen Herr Dr. Jaikovsky auf meinen PC nicht fertig eingegeben. Vielleicht benutze ich die ruhige Zeit morgen Abend dazu." Dieser zuckte nur die Achsel. „Wie Sie meinen, Mr. Denver."

Endlich war es Samstagabend und Michael fuhr, mit einer Goldmünze und seiner Kreditkarte in der Tasche, in den Keller und begann auf seinem PC zu arbeiten. Er hatte tatsächlich einige Daten vorsorglich liegen gelassen, um einen Vorwand für seine Nachtarbeit zu haben.

„Hi, John" Sammy stand mit einem Rollcontainer plötzlich vor seinem Büro. Er musste sich in diesen hineinzwängen, es ging mit Müh und Not. Dann spürte Michael, dass sich der Container bewegte und Sammy ihn mit einer Hebebühne weiter transportierte. Das nachfolgende Geräusch war das Motorgeräusch eines LKW. Es war finster und Michael bekam fast gar keine Luft. Das Herz schlug ihm bis zum Hals. Wird es Jimmy schaffen, ihn durch die Torkontrolle zu schmuggeln? Nachdem längere Zeit nichts passiert war, wagte Michael endlich wieder normal zu atmen. Nach ungefähr zwanzig Minuten kam es plötzlich zum Stillstand der Räder. Oh, Gott! Hat die chinesische Wache den Wagen gestoppt, womöglich wurde er durchsucht. Schweißperlen rannen über die Stirn von Michael und er konnte sie nicht abwischen, denn er war so eingezwängt in den Liefercontainer, dass er sich keinen Millimeter bewegen konnte. Die Hand zum Gesicht zu heben war unmöglich, so leckte er sich mit der Zunge das salzige Gemisch seiner Körperausscheidung von den Lippen. Er hörte die Schiebetür des LKWs rasseln und bereitete sich innerlich auf das Ende vor, nun ist es aus. Doch der Deckel des Containers wurde zur Seite geschoben, Sammys lachendes schwarzes Gesicht erschien, er warf ihm eine Jeans und Sweatshirt mit einer Jacke ins Wageninnere. „Ich denke das passt, du kannst doch nicht mit der Anstaltskleidung deine Geschäfte abwickeln."

Er hatte gar nicht daran gedacht, dass er und alle Insassen des Camps die helle Einheitskleidung trugen. Er hätte seinen frisch gereinigten Armani-Anzug mit in den Keller nehmen sollen. Doch das wäre vielleicht entdeckt worden. Sammy hatte ja vorgesorgt und die legendäre Levis Jeans tut es für Amerika doch auch. Er zog sich rasch um und wunderte sich, warum alles genau passte.

„Komm auf die Straße runter, zweihundert Meter dahinter ist ein

Pub, Arizonas-Inn, ich hole dich in einer Stunde ab."

Michael konnte gar nicht so rasch reagieren, und er sah die Rücklichter des LKW davonbrausen. Jetzt war er das erste Mal nach langen Monaten frei, er blickte sich um und sah ringsum die Lichter einer nächtlichen Großstadt. Das konnte doch nicht sein, sie waren doch erst knapp über eine viertel Stunde unterwegs und befanden sich mitten in der Stadt? Er hatte doch immer gedacht, das Camp liegt mitten in der Wüste und er hätte niemals eine Chance zu entkommen.

Er ging rasch in die vorgeschlagene Richtung und sah die Reklame des Arizonas Inn entgegen leuchten. Nun war er fast am Ziel, doch wie erkannte er seinen Geschäftspartner? Gleich nachdem er das Lokal betreten hatte, sprach ihn ein Mann, ungefähr im selben Alter wie er, mit den Worten" Causarius" an. Michael zuckte zusammen und wunderte sich, woher der Fremde ihn kannte. Sie hatten bisher keinerlei Kontakte außer der Zeitungsannonce miteinander gehabt.

„Setzen wir uns, trinken Sie Bier?"
Michael nickte und der Fremde
bestellte zwei Bier. Als sie sich
gegenüber saßen betrachtete er den
Fremden etwas näher. Ein gepflegter
Mann mit einem blonden Lockenkopf und
hellblauen Augen blickte ihn abwartend
an. Wer sollte das Gespräch beginnen?
Irgendetwas kam ihm bei diesem Mann
vertraut vor, war es seine englische
Aussprache oder nur sein Äußeres, er
wirkte nicht wie ein typischer
Amerikaner auf ihn. Nach dem ersten
Schluck Bier kam der Fremde jedoch
gleich zur Sache: „Ich handle für
einen Freund, ich hätte gerne das
Goldstück gesehen, ich kann es nicht
hundertprozentig als echt erkennen,
doch das werden nachher die
Sachverständigen erledigen. Nur noch
eine private Frage: Woher haben Sie
diese wertvolle Münze? „

Michael wand sich. „Ich habe sie von
einer Freundin aus Europa, die will
ihr Erbe verkaufen." „Das klingt
plausibel, diese Freundin muss Ihnen
sehr vertrauen, wenn Sie von ihr
beauftragt wurden. Hier im Kuvert ist
die vereinbarte Summe in Bar, Ihr

Konto und die Geschäftsadresse bräuchten meine Auftraggeber noch von Ihnen."

„Ich habe nur eine Privatadresse in New York. Lafayette St. Hier ist meine Kontonummer. Mein Name ist John Denver." Zum Glück fiel ihm die Adresse seiner Freundin Lily gerade noch rechtzeitig ein. Wäre seine derzeitige Wohnadresse Camp Namenlos, Arizona nicht doch ein wenig fragwürdig? Nach der Geschäftsabwicklung verabschiedete sich Michael rasch um zum Treffpunkt mit Sammy rechtzeitig da zu sein. Der lachende Hüne knöpfte ihm ohne mit der Wimper zu zucken den Tausender ab. Das war ein teurer Ausflug aus dem Gefängnis für Michael, aber seine Hoffnung, diesem endlich zu entkommen wuchs wieder ein wenig mehr.

Carlo blieb noch und bestellte sich ein Bier. Vorhin hatte er unbemerkt von der Kellnerin das Glas von Michael mit der Serviette erfasst und in eine Plastiktüte gesteckt. Diese ließ er in seiner Sporttasche verschwinden. Um seinen Verdacht zu bestätigen, dass

dieser John Denver mit Michael Faber
ident ist, benötigte er eine DNA-
Probe.

Außerdem war er ziemlich aufgewühlt.
Carlo musste die Begegnung mit Michael
erst einmal verarbeiten. Obwohl der
sich als John Denver auswies, so war
er überzeugt, vor einer halben Stunde
mit dem Totgeglaubten das Geschäft des
Rückkaufes der Carausius abgewickelt
zu haben.

Vor zwei Wochen, nach seiner Rückkehr
und dem traumhaft schönen Urlaub mit
Marisa aus der Steiermark, erhielt er
einen Anruf von Jakob Goldman, einer
der reichsten Männer der USA. Der
wollte am Telefon nichts sagen außer,
dass er ihn privat zum Essen einlud.

Es kam nicht oft vor, dass er
eingeladen wurde, obwohl er für die
Sicherheit sehr prominenter und
reicher Gäste verantwortlich war. Die
Einladungen waren meistens, wenn
überhaupt, geschäftlich. Das war in
Ordnung, denn im Grunde kannte er
wegen seines Berufes die geheimsten
Schwächen seiner Schützlinge, da würde

zu viel private Nähe nicht gut sein. Jedenfalls wurde er zwei Tage später von dessen Chauffeur abgeholt, zum Flugplatz gefahren, und anschließend mit einem Privat-Flugzeug, das die Größe eines mittleren Passagierflugzeuges hatte, in die Nähe des Landsitzes der Goldmans geflogen. Von dort ging es mit dem Hubschrauber weiter zum Anwesen. Dieser Landsitz befand sich in Virginia, Carlo war vorher noch nie dort gewesen. Er war so überwältigt von der Gegend, er genoss den Flug und den Ausblick, er dachte er sei in der Schweiz oder in Österreich. Die Berge erschienen ihm so vertraut wie zu Hause. Der Landsitz präsentierte sich als riesengroßes Gut mit vielen Nebengebäuden, einem privaten Golfplatz und Hubschrauberlandeplatz. Carlo überlegte, träumte er, oder waren diese märchenhaften Anlagen real? Er erhielt eine Suite zugewiesen und wurde gebeten, möglichst in einer Stunde zum gemeinsamen Essen zu erscheinen. Carlo wusste noch immer nicht, was dieser Mr. Goldman von ihm wollte, brauchte er einen privaten

Sicherheitsdienst? Oder war er
womöglich in dubiose Geschäfte
verwickelt und wurde erpresst. Während
er sich in dem mit Zirbelholz
ausgestatteten Raum umsah, überlegte
er sich krampfhaft wie er elegant aus
dieser Sache rauskäme, den Auftrag
nicht anzunehmen ohne Begründung wäre
nicht so einfach. Eine Stunde später
genoss er ein opulentes Mahl. Mr.
Isaac Goldman der Senior und Oberhaupt
der Familie hielt sich bedeckt. Seine
üppige Gattin Sarah versuchte mit
Geplänkel über die High Society von
New York die gespannte Stimmung am
Tisch aufzufangen. Jakob und seine
magersüchtige Judith sprachen über ihr
Handicap beim letzten Golfturnier.

Deren Sohn Simon schaute nur
verdrossen drein und man merkte ihm
an, wie froh er war, als endlich die
Essenszeit vorbei war und er sich
entfernen durfte. Mr. Isaac bat Carlo
in den Salon und unterbreitete ihm
sein Anliegen. Er sollte in einer
streng geheimen Mission die Carausius
Münzen zu den ursprünglichen
Besitzern, den Goldmans,
herbeischaffen. Daran musste er nun

denken, als er sein Bier gemütlich im Arizona Inn leerte. Ja, die Familie der Goldmans hatte es nach der Flucht im Jahr 1938 zum Glück wieder geschafft. Sie wurden in den USA sesshaft und bauten sich hier ein Little-Homeland auf. Die verlorene Heimat mit Zuckerguss. Der nächste Tag war vorgesehen, dass er in New York den ersten Teil des verlorenen Schatzes Herrn Isaac Goldman überreichte. Wenn die Münze echt wäre, würden die vereinbarten hunderttausend Dollar auf das Konto von Mr. John Denver überwiesen. Carlo würde selbstverständlich eine Erfolgsprovision erhalten. Viel wichtiger war ihm die Klärung des Falles. Denn irgendwie war die Aussage des Mr. Denver sehr fragwürdig.

Damals, als er im riesigen Salon Isaac Goldman gegenüber saß, dachte er, warum gerade er mit dieser heiklen Aufgabe betraut wurde, konnte nur schicksalshaft sein. Er hörte an diesem Tag die Geschichte der Carausius Münzen in ähnlicher Version, wie es ihm Marisa erzählt hatte. Er schwieg dazu, noch war es zu früh, seinem Auftraggeber zu erzählen, dass er die Besitzerin dieser Münzen kannte. Doch er war überzeugt, dieser Mann lenkte die Spur zum verschwundenen Michael Faber. Dieser Name machte Carlo doch etwas zu schaffen. Dieser Mann sah gut aus, er behauptete diese Münzen für eine Freundin zu verkaufen, was war an dieser Sache wahr und was nicht? Carlo war überzeugt, mit Michael Faber gesprochen zu haben. Er hatte das Foto gesehen, doch dieser Mann hier war viel schlanker und blasser, auch die Haare waren sehr kurz, trotz allem, die Ähnlichkeit war gravierend. Gab es vielleicht doch eine geheime Verbindung zwischen Marisa und Michael?

Noch am gleichen Abend flog er mit der Spätmaschine nach New York zurück. Er rief Marisa vom Flughafen aus an. „Hallo Liebes, wie geht es dir, wie war deine Woche?" Sie antwortete erfreut. „Ach, schön, deine Stimme zu hören, bei mir war nichts Aufregendes, und bei den Amerikanern war es hoffentlich ebenso ruhig."

„Ich musste geschäftlich nach Virginia
und nach Arizona fliegen, dort würde
es dir auch gefallen." Sie überlegte
kurz. „ Ja, vielleicht um Urlaub zu
machen, doch bei uns in der Steiermark
ist es auch sehr schön."

„Du hast Recht, es gibt nichts
Schöneres als unsere Heimat. ich rufe
auch aus einem anderen Grund an. Bei
den Ermittlungen der Behörde wegen der
Forderungen Hinterbliebener des
Anschlages vom 11. September wollen
die alles ausschließen, was möglich
ist. Hast du zufällig noch von deinem
Freund Michael eine Zahnbürste oder
sonst was Intimes aufgehoben?"

Marisa überlegte kurz. „Er hatte
einmal eine elektrische Zahnbürste,
die seiner Meinung nach nie richtig
funktionierte. Sie liegt noch immer,
relativ neuwertig, im Badeschrank
unten. Ich hatte sie vergessen, wenn
die einen DNA-Vergleich machen,
müssten sie aber die Gegenprobe
haben."

Logisch, kluges Mädchen, dachte Carlo,
trotzdem durfte er ihr noch nichts von

der Begegnung mit diesem John Denver
erzählen. „Auch wenn es dir ein wenig
komisch vorkommt, würdest du die
Zahnbürste mit Plastikhandschuhen
anfassen und in Plastik verpackt an
meine Adresse senden? Ich gebe die an
die Behörden weiter." Das war eine
Notlüge, denn diesen DNA-Vergleich mit
dem Bierglas würde für ihn ein guter
Freund machen. Der Geheimauftrag
Carausius blieb in seiner Hand. Wo
dieser John Denver arbeitet hatte er
nicht herausbekommen, das wäre
interessant, die Adresse in New York
würde er auch observieren lassen. Er
kannte jede Menge Leute denen er
vertraute, die für einen kleinen
Nebenverdienst Detektivarbeit
leisteten. Carlo war müde, deshalb
beendete er das Gespräch mit Marisa
auch bald. Er überlegte, ob er bei ihr
wieder eine wunde Stelle wegen ihres
vermissten Freundes berührt hatte?
Nein, sie hatte gelassen auf ihn
gewirkt, als sie versprach, die
benutze Zahnbürste zu senden. Im
Gegenteil, sie machte sogar Scherze
und fragte, ob die armen Amerikaner
nun alte Zahnbürsten kaufen müssten.

Der nächste Tag erwies sich für Carlo sehr dramatisch. War die Münze echt, oder war er auf einen Fälscher hereingefallen? Dieses Risiko trug Mr. Goldman, denn er war nur als anonymer Vermittler beauftragt. Das Treffen fand im Büro des Bankhauses statt, ein Sachverständiger für antike Münzen war auch eingeladen. Alle nahmen in den bequemen Ledersesseln Platz und der Münzfachmann begutachtete mit einer Lupe das wertvolle Stück. Man konnte die Spannung des Mr. Isaac spüren, bis er die befreiende Antwort erhielt. „Mr. Goldman, das ist eine Münze aus der Sammlung Ihrer Familie, sie ist einwandfrei echt." Das Herz schlug Carlo bis zum Hals. Also doch, dieser Fremde war der Freund von Marisa gewesen. Wollte er nun für sie das große Geschäft tätigen, oder hatte er sie bestohlen? Diese Frage brannte in ihm, nur wie konnte er die Wahrheit herausfinden?

Mr. Goldman veranlasste, dass die hunderttausend Dollar auf das Konto von John Denver überwiesen wurden und beauftragte Carlo, die restlichen vier Carausius zu überbringen. Bevor er diesen Auftrag ausführen würde, musste er auch die DNA-Probe machen lassen. Hoffentlich hatte Marisa pünktlich und sorgfältig die Absendung des Paketes unternommen. Anschließend erledigte er noch einige Arbeiten in seinem Büro. Er veranlasste die Observierung der Lafayette.Street die Adresse, die dieser John Denver genannt hatte. Ansonsten blieb ihm vorläufig nichts anderes übrig, als abzuwarten. Er nahm sich vor, das nächste Treffen professioneller zu gestalten. Carlo rief beim Bundesrichter Feller an, der für den Bezirk in Arizona Tucson zuständig war. Sobald die Übergabe der vier Münzen in Aussicht gestellt wurde, würde er vorweg mit dem Richter ein Meeting vereinbaren. Bis dahin hätte er auch die Gen-Probe von Michael als Beweismittel. Es reichte, ihn für einige Zeit wegen des falschen Passes in Haft zu nehmen. Nur so war es möglich zu erfahren, ob Marisa ihn wirklich mit dem Verkauf beauftragt hatte. Dieses bohrende Misstrauen war wie ein Stachel in seinem Körper. Er

wollte nicht glauben, dass Marisa ihn
nur benützt hätte und sie in der
Zwischenzeit längst mit ihrem Michael
vereint wäre. Der Verkauf dieser
Carausius ist als amerikanischer
Staatsbürger um vieles einfacher.

Nach fünf Tagen erhielt er ein Paket
vom Postamt Frohnleiten, Marisa hatte
Wort gehalten. Schön in Plastik
verpackt war das Beweisstück und einen
Liebesbrief mit einem Stück Praline
aus der Konditorei des Ortes befand
sich auch darin. Sein Freund beeilte
sich und nach zwei Tagen hielt er das
Ergebnis der DNA-Probe in seiner
Hand. Es war eindeutig zu 99 Prozent,
dass dieser John Denver in Wahrheit
Michael Faber war. Obwohl er vorher
schon gefühlsmäßig sicher war, traf
ihn es ihn. War das nun das Ende
dieser schönen Beziehung mit Marisa?

Kapitel 18

Arizona

Michael fiel es schwer, seine freudige Stimmung zu verbergen. Nun war endlich Licht am finsteren Ende des Tunnels zu sehen. Er konnte es gar nicht erwarten, dass ihm Sammy wegen eines nächsten Treffens draußen Bescheid geben würde. Es vergingen zwei bange Wochen. Er dachte, wenn er wieder das gleiche Spiel mit der Nacht-Arbeit und dem LKW spielen müsste, wollte er diesmal länger in Freiheit bleiben. Bevor er die vier Münzen dem Fremden in die Hände gäbe, müsste er seine Kontodaten abfragen, ob die 100.000 auch tatsächlich auf seinem Konto überwiesen wurden. Zum Glück hatte er ja einen Polster von über 8.000 USD. Denn Jimmy knöpft ihm den Tausender kaltschnäuzig ab. Für eine Viertelstunde LKW-Fahrt könnte er sich dafür fast einen Jet-Flug leisten. Er hatte keine andere Wahl, wie er sonst aus dem Camp gelangen könnte. An einem Mittwoch-Abend im August lag er in seinem Bett und las einen Krimi, jemand klopfte an der Tür. Sammy trat

leise in sein Zimmer, warf wieder eine
Levis und die Jacke auf das Bett und
flüsterte: „Hi, Bruder, morgen Abend
gehen wir beide ins Kino, haha"
Diesmal sollte er diese Kleidung schon
unter seinem Arbeitsanzug anziehen.
Das wäre einfacher. Am kommenden Abend
das gleiche Prozedere wie das letzte
Mal, er werkelte zuerst im Keller an
seiner liegen gebliebenen Arbeit und
fuhr mit Jimmy im LKW versteckt aus
dem Camp. Diesmal schreckte ihn kein
plötzlicher Halt des LKW, er wusste
dass es eine Straßenampel auf Rot sein
würde. Er hatte Sammy gebeten, vorweg
zu einer Bank zu fahren, sodass er
sich einen Kontoauszug mit seiner
Karte holen konnte. Und tatsächlich:
Sein Konto wies etliche Nullen auf, er
freute sich auf die nächsten
vierhunderttausend. Mit einer halben
Million hätte er ein gutes
Startkapital für einen Neubeginn.
Vielleicht begleitete er seine Lily
auf Tournee und wurde ihr Manager? Auf
jeden Fall nahm er sich vor, heute
nicht mehr ins Camp zurück zu fahren.
Wenn er wüsste, dass dies ohne sein

Zutun schon beschlossen wurde, hätte er sich nicht so darauf gefreut.

In den vergangenen zwei Wochen war Carlo ständig zwischen New York und Tucson unterwegs gewesen. Wegen seiner Position als Sicherheitsbeauftragter in N.Y. hatte er sofort einen Termin beim Bundesrichter erhalten. Richter Feller hörte interessiert seine Geschichte an und versprach, alles in die Wege zu leiten, dass der illegale Staatsbürger in Verwahrung kam.

Michael betrat das Arizona Inn und der Fremde wartete schon auf ihn. Beide tranken nach kurzer Begrüßung ihr Bier, der Fremde nahm lässig die vier Münzen, steckte sie in seine Sporttasche und übergab Michael einen Scheck über 400.000 USD. Sie prosteten sich zu. Plötzlich wurde es laut, eine Truppe bis auf die Zähne bewaffneter FBI-Beamter stürmte das Café. Von Kopf bis Fuß schwarz gekleidet, mit dicken Schusswesten, schweren Gewehren ausgestattet, Kampfhelme wie bei einem Kriegseinsatz am Kopf. Einer von ihnen brüllte: „Alle Hände Hoch" Die wenigen Gäste, die außer Michael und dem

Fremden im Lokal waren, reagierten sofort. Nur Michael blieb wie angewurzelt ohne sich zu rühren sitzen. Er hatte nicht reagiert, ein FBI-Mann packte ihn, innerhalb von Sekunden wurden seine Arme am Rücken zusammengeklemmt, er spürte ein schlimmes Knacken und hatte das erste Mal in seinem Leben Handschellen an seinen Händen. Er wurde zwischen den Tischen durch das Lokal geschoben, das Letzte was er hörte, war, „Das ist ein Skandal, sind wir in den Vereinigten Staaten oder wo?" Mit dieser paramilitärischen Truppe umgeben wurde Michael nach draußen geführt. Blendende Blitzlichter empfingen sie, sogar das lokale Fernsehteam war zur Stelle. Jemand musste vorher der Presse einen Tipp gegeben haben. Doch warum, das musste eine Verwechslung sein. Wegen eines falschen Reisepasses gab es doch nicht so ein Aufsehen, als ob eine Terroristengruppe das Lokal besetzt hätte. Die Kameraleute filmten fleißig diese Szene, wenn Michal nicht der unfreiwillige Hauptdarsteller wäre, würde er diese Szene auch interessant finden. Doch so wurde er

mehr als unsanft auf die Rückbank
eines schwarzen Chevrolets gestoßen,
beidseitig flankiert von zwei
Schlägertypen. Langsam ließ der Schock
nach und Michael machte sich fast in
die Hose vor Angst. Michael konnte nur
immer wieder stammeln, „Sie haben den
Falschen erwischt." Er war fest
überzeugt, dass der Fremde, der ihm
den Scheck überreicht hatte, das
eigentliche Zielobjekt des FBI war.
Der Anführer am Vordersitz schrie ihn
an: „Halten Sie den Mund" ohne sich
umzudrehen.

„Ich bin unschuldig!" Schrie Michael
verzweifelt. „Halten Sie den Mund"
sagte auch der Gorilla neben ihm und
legte den Lauf seines Gewehres auf
sein Knie. „Würden Sie das Gewehr da
wegnehmen." Doch die Waffe blieb,
sodass Michael beschloss doch den Mund
zu halten, bevor ihm irrtümlich rein
zufällig eine Kugel traf. Sie fuhren
eine Weile und Michael bekam
fürchterliche Bauchkrämpfe vor Angst.
Wenn er auch verhindern konnte, dass
alles in die Hose ging, die
austretenden Gase konnte er nicht
bremsen. Sein Kampfjäger neben ihm

rümpfte die Nase und schrie: „Sie Schwein" Unter seinem Helm konnte Michael seinen Nacken sehen, der rot anlief vor Wut. Als sie im Gefängnis ankamen, wurden sie von einem Fotografen der Lokalzeitung empfangen. Die FBI-Männer führten Michael betont langsam hinein, sodass ausgiebig fotografiert werden konnte. Michael war nicht fähig sein Gesicht zu verdecken, die Hände waren am Rücken mit Handschellen fixiert. Im Gefängnis erwartete sie eine Truppe in Blau gekleideter FBI-Leute. War es tatsächlich notwendig, eine ganze Truppe für einen einzelnen gefesselten unschuldigen Mann bereit zu stellen? Sie führten ihn in einen kleinen Raum, wo er endlich seine Handschellen loswurde. Bald darauf betrat ein Mann mit Anzug den Raum. „Ich bin Spezial-Agent Cox vom FBI" stellte er sich vor. Michael antwortete: „Diese Verhaftung ist ein Irrtum, ich habe nichts verbrochen, Sie haben den Falschen erwischt." „Bitte weisen Sie sich aus, und legen ihre Papiere und sonstige Privatsachen auf den Tisch." Michael erschrak. Wenn das FBI seinen

Scheck über 400.000 sehen, glauben diese Idioten, dass er von einer Terror-Organisation bezahlt wurde. Womöglich schieben die ihm eine Mit-Täterschaft vom 11. September in die Schuhe, und das würde die Todesstrafe bedeuten. Er war ja an diesem Tag in New York gewesen. „Ich will das Recht auf einen Anwalt in Anspruch nehmen." Konnte er nur stammeln. „Das steht Ihnen frei", antwortete dieser und verließ den Raum. Er knallte dabei die Metalltür so heftig zu, dass es mächtig dröhnte und vibrierte. Das Geräusch hallte noch einige Zeit nach, dann wurde es ruhig und er war allein. Allein mit seiner Angst, die ihn fast verrückt machte. Was konnte geschehen? Glaubten die ihm seine wahre Geschichte? Er bezweifelte dies, denn er wusste ja nicht einmal wo der Ort seines Camp Namenlos war. Am Stadtrand gab es doch immer viele Fabriken, bis die alle durchsucht hätten, waren seine Chinesen und der liebe Mr. Jack Bright längst über alle Berge. Dann blieb nur noch seine Aussage vor Gericht und die stand auf wackeligen Beinen. Er war allein in diesem fensterlosen Raum und müsste dringend auf die Toilette! Kam denn niemand um ihn von dieser misslichen Lage zu befreien! Er stand auf, die Hände auf den Unterleib gepresst, hüpfte er von einem Bein auf das andere und hoffte, dass die Wachleute ihn über die Kamera so sahen. Die hatten sicher keinen Anlass ihn in eine mit Drogen-Dealern und anderen illegalen Einwanderern überfüllte Zelle zu stecken, wenn er stinkend mit seinem Urin und Dreck die Hose beschmutzt hatte. Das würde er nicht überleben. Andererseits, wen würde es kümmern, der Michael Faber war doch bereits tot. Endlich kam ein Wachebeamter und führte ihn auf die angrenzende Tür, die sich als Toilette herausstellte. Wenn er das gewusst hätte, wäre er schon längst teilweise erleichtert. Als er nach dem Händewaschen wieder zurückkehrte, saß der Spezial-Agent Mr. Cox schon gegenüber am Tisch. Erleichtert sagte Michael: „Kann ich jetzt gehen, ich habe nichts verbrochen." Mr. Cox lächelte ihn an und sagte freundlich: "Sachte, sachte, Sie haben noch immer nicht erklärt von wem Sie diesen

Scheck erhalten haben und wofür.
Außerdem haben Sie keinen Ausweis,
außer dieser Kreditkarte bei sich. Es
könnte sich auch um Geldwäsche
handeln, wenn Sie nicht für eine
Terror-Organisation arbeiten, wie Sie
beteuern. Sie verkürzen Ihren
Aufenthalt, wenn Sie gleich die
Wahrheit sagen." Michael begann wieder
zu schwitzen, die ganze Wahrheit
konnte er ihm unmöglich sagen, dann
war es besser zu schweigen." Daraufhin
schrie ihn der freundliche Mr. Cox
plötzlich an, dass fast sein
Trommelfell platzte. „Ich habe keine
Lust, mich die Nacht mit Ihnen um die
Ohren zu schlagen, entweder Sie reden,
oder Sie kommen in Untersuchungshaft."

„Ich will meinen Anwalt sprechen,
„wisperte Michael.

„Gut. Nennen Sie seinen Namen und
seine Telefonnummer, doch um zwei Uhr
Nachts wird er kaum das Telefon
abheben, außer Sie sind der Präsident
persönlich." Mr. Cox warf ihm einen
überheblichen Blick zu und man sah ihm
an, dass er es satt hatte, mit Michael
Katz und Maus zu spielen. Wie sollte

Michael einen Anwalt nennen, wenn er als Tourist eingereist war und anschließend drei Monate mit einem falschen amerikanischen Pass mit Glücks- Spielen sein Budget saniert hatte? Anschließend war er gleich ins Gefängnis Camp Namenlos gekommen und wusste nicht einmal wo das lag. Er wagte noch einen letzten Rettungsversuch: „Mr. Cox, können Sie mir einen Anwalt empfehlen?" Daraufhin sprang der Angesprochene wütend auf und schrie: „Abführen! Morgen früh erhalten Sie einen staatlich befugten Pflichtverteidiger." Michael wurde durch dunkle Gänge geführt, zu einer großen Eisentür, dort wurde er hineingestoßen- und zehn feindselige Augenpaare starrten den Neuankömmling an. Die Luft war zum Schneiden. Eine überfüllte Erstuntersuchungszelle mit acht Etagenbetten für elf Insassen. Wer das Recht auf ein Bett hatte, konnte man sich ausrechnen. Die Stadt Tucson liegt nahe an der mexikanischen Grenze, dies ist eine Provinzstadt, wo andere Gesetze herrschen wie in den übrigen Vereinigten Staaten. Hier herrschte das Gesetz des Stärkeren. Michael schloss mit seinem Leben ab.

Carlo wusste, dass die FBI-Leute in das Arizona Inn kommen würden. Doch dass die mit so einem Pomp und Aufsehen auftreten würden, war nicht vereinbart. Er hatte beim Treffen mit dem Bundesrichter Feller zusätzlich FBI-Schutz erbeten, um den tatsächlichen Aufenthaltsort von Michael Faber zu erfahren, dies lag allein in seinem privaten Interesse, aber das verriet er nicht. Nun hatte der Bundesrichter seinen Fernsehauftritt und wie man sah, kam er sich sehr wichtig dabei vor. Auf die Fragen der Fernsehreporter strahlte er in die Kameras, als ob er bei einer Oskar-Verleihung wäre. „Kein Kommentar, doch wir hoffen einen dicken Fisch gefangen zu haben." Die Nacht im Hotel war für Carlo sehr kurz, zuvor hatte er auf das private Band von Mr. Goldman gesprochen und ihm kurz erklärt was geschehen war. Pünktlich um neun Uhr rief Mr. Goldman zurück. Carlo sagte, dass er die

Münzen habe, doch er bräuchte einen wirklich guten Anwalt um diesen John Denver schnellstens aus der Untersuchungshaft zu holen. Er sagte weiter nichts, außer dass dies sein persönliches Interesse wäre. Mr. Goldman versprach, umgehend seinen Freund Dr. Al Care damit zu beauftragen. Carlo sagte, dass er inzwischen die Carausius im Bankschließfach der Zweigstelle der Goldman-Bank in Tucson in Verwahrung gäbe und sobald dies hier geklärt wäre, würde er diese persönlich in New York überbringen. Der Scheck war noch nicht eingelöst worden.

Nach einem kurzen Frühstück begab sich Carlo zuerst zur Bank und anschließend zum Gefängnis des Ortes. Dort saßen auch schon der Gefängnisdirektor und der bewusste Dr. Al Care zur Besprechung bereit. Der Rechtsanwalt begrüßte Carlo sehr freundlich und sagte: „Mein Freund Isaac hat mich gebeten, diesen Irrtum hier aufzuklären. Da hat wohl unser Kollege Bundesrichter Feller etwas über reagiert." Ganz kühl und gelassen sprach er dies aus und nach einigen

Paragraphen Sätzen wurde die Wache
beauftragt, den Mr. John Denver frei
zu lassen. Als Michael, mit
verschwollener Lippe und blauem Auge
bald darauf ins Büro geführt wurde,
tat er Carlo leid. Michael hätte wohl
eine Strafe für den Diebstahl
verdient, doch die war etwas zu hart
ausgefallen.

Als Michael den Fremden erblickte,
dachte er: Was wird hier gespielt, in
welche Teufelsmühle war er geraten?
Doch als der Anwalt und alle übrigen
Anwesenden äußerst nett zu ihm waren,
glaubte er zu träumen. Der
Gefängnisdirektor entschuldigte sich
bei ihm persönlich wegen der
schlechten Haftbedingungen. Er meinte,
weil ja überall bei der Regierung
gespart würde, hätte er nicht einmal
die Möglichkeit einer auf dem Niveau
der USA entsprechenden
Häftlingsverwahrung. Dieser Zustand
sei besonders prekär, weil sie so nahe
an der Grenze zu Mexiko lagen und dort
wäre immer eine kriminelle Energie
vorhanden.

Was nun, wie sollte es weitergehen? In das Camp wollte er keinesfalls zurück. Doch dort lag sein amerikanischer Pass, wenn er sich als Österreicher ausgab, drohte ihm die sofortige Abschiebung. Nochmal als Schubhäftling ins Gefängnis wollte er niemals gehen, diese eine Nacht hatte ihm gereicht. Während er gedanklich versuchte, aus seinem Dilemma herauszukommen, sprach ihn der Fremde an: „Wenn es Ihnen recht ist, bringe ich Sie zu einem Hotel, wo Sie sich frisch machen können und anschließend gehen wir beide was Gutes speisen." Und ob Michael das recht wäre, er wusste zwar nicht, warum der Fremde so freundlich war, doch er wollte nur raus aus dem Gefängnis .Wegen der gewichtigen Beziehung des Anwaltes erfolgte seine Entlassung sofort. Sie fuhren mit einer Limousine zu einem Hotel, in dem zwei Zimmer nebeneinander für sie gemietet waren. Michael dachte wieder, was ist los, warum hat der Fremde gewusst, dass er mich so rasch aus dem Gefängnis holen konnte. Hatte dieser schon wieder einen zwielichtigen Auftrag für ihn,

wie dieser Jack Bright? Als er im
Badezimmer nach der Dusche in den
Spiegel blickte, erschrak er. Das war
der Michael Faber? Dieses
verschwollene Gesicht soll ein Teil
von ihm sein? Am Bett lagen
verschiedene Kleidungsstücke für ihn
bereit, die Größe passte und er zog
sich erleichtert um. Erfrischt und
hungrig klopfte er an die Nebentür und
Carlo öffnete und sprach ihn deutsch
mit steirischem Dialekt an: „Na, mein
Freund, gehen wir essen, Wiener
Schnitzel gibt's zwar nicht, aber
sonst ist die Küche sehr gut." Schon
wieder war er erschrocken. Der Fremde
sprach seine Muttersprache. Der
klopfte ihm auf die Schulter und
sagte: „Nach dem Essen erzählst du mir
deine Geschichte, wenn irgend eine
Kleinigkeit nicht stimmt, bist du
schneller wieder dort wo du gerade
hergekommen bist." Sie fuhren mit dem
Lift in den Speiseraum, wo Carlo einen
Tisch für sie beide in einer
Fensternische bestellt hatte. Beide
waren nach der kurzen und aufregenden
Nacht hungrig und nach dem guten Steak
und dem zweiten Bier lehnten sie sich

gemütlich zurück und Michael begann zu erzählen. Er ließ wirklich nichts aus, verschonte sich nicht und berichtete auch von seiner Spielsucht. Es war, als ob ein Damm gebrochen wäre und alles was ihn in der Vergangenheit so schwer belastet hatte mit sich riss. Er erzählte auch vom Verhältnis mit Marisa und dass er anfangs wirklich für sie das Geschäft mit den Goldmünzen tätigen wollte. Doch als er Lily kennenlernte, wollte er das Geld als Agent für sie beisteuern. Das Schicksal hatte es anscheinend anders gewollt.

„Wäre es nicht ein Betrug, deiner Freundin Marisa gegenüber, wenn du ihr Erbe für eine andere Frau verwendest? „fragte Carlo. „ Das stimmt, doch Marisa ist in einer sicheren Position, die braucht das Geld nicht dringend, sonst hätte sie schon längst versucht die Goldmünzen auf den Markt zu bringen. Ich liebe Lily und ich will ihr helfen Karriere zu machen." Carlo bohrte noch weiter: „Willst du nicht mehr nach Österreich und zu Marisa zurück? Die war sehr traurig und dachte du bist verunglückt." Michael blickte erstaunt hoch. „Warum weißt du, dass Marisa traurig war?" Carlo antwortete: „Du hast mir deine Geschichte erzählt, und nun erzähle ich dir meine."

Er berichtete vom zufälligem Treffen und dem Auftrag von Marisa nach Spuren von Michael zu suchen.

„Ich werde mich noch heute bei Marisa melden, vielleicht verzeiht sie mir. Du hast mich aus dem Gefängnis geholt. Ich habe keine Ahnung wie es weiter gehen soll. Ich will nicht so schnell nach Europa zurück. Doch mein Ausweis als John Denver wird wahrscheinlich auch nicht das Papier wert sein."

Carlo meinte: „Zuerst wird dir wahrscheinlich nichts anderes übrig bleiben, als bei der österreichischen Botschaft um Rechtshilfe zu ersuchen. Du hast doch unter Zwang diese Identität angenommen. Ich werde mich heute um die anderen Angelegenheiten kümmern. Du hast von einem Jack Bright erzählt, dieser Mann besitzt einige Katalysatorenwerke über dem Kontinent verteilt." Damit ließ er Michael allein, er begab sich zum Treffpunkt mit dem Bundesrichter Feller und dem Gouverneur der Stadt.

Michael überlegte, wie er am besten aus dem Schlamassel herauskäme, es blieb ihm keine Wahl er musste sich bei Marisa zurückmelden.

Das Telefon klingelte mehrmals, als Marisa abhob.

„Hallo Marisa, ich bin es, Michael, wie geht es dir?" Zuerst einmal war Stille, dann ein Räuspern, bevor sie antwortete: „Michael, wo bist du und wo warst du?"

„Ich bin in Arizona in einem Hotel. Ich habe deine Goldmünzen verkauft. Carlo wird dir Näheres erzählen."

„Ich wollte nicht wahrhaben, dass du einfach aus meinem Leben verschwinden wolltest und mich bestohlen hattest, aber Carlo wusste es besser."

„Marisa, es tut mir leid, all das geschah nicht ganz freiwillig, ich war im letzten Jahr ein Gefangener."

„Und nun glaubst du, damit wäre alles erledigt. Nein, du bist für dein Leben selber verantwortlich. Wir beide haben nichts mehr miteinander zu tun." Das musste er wohl oder üblich akzeptieren.

Während dessen saß Carlo im Konferenzraum des Gouverneurs der Stadt. Sie besprachen nochmals die Razzia der vergangenen Nacht. Gleichzeitig mit dem Arizona Inn gab es auch eine Hausdurchsuchung in der Katalysatorenfabrik des Jack Bright, dem sogenannten Namenlos. Steuerfahnder hatten schon längere Zeit ein Auge auf die Unternehmen der UNITECH. Dabei stellte sich heraus, dass alle Chinesen dort illegal beschäftigt waren und das Werk zunächst einmal geschlossen wurde. Auch die gefälschten Ausweispapiere des John Denver wurden sichergestellt. Mr. Jack Bright war offensichtlich untergetaucht, er ließ sich von seinen Anwälten vertreten.

Die letzten Tage waren sehr anstrengend für Carlo gewesen. Er verspürte keine Lust, auch noch

Kindermädchen für Michael Faber zu spielen und übertrug diese Aufgabe dem Rechtsanwalt Dr. Al Care. Er fuhr mit Dr. Al Care zum Hotel und erklärte dem die Sachlage. Er schätzte diesen Michael Faber schlau genug ein, dass er froh war, als Kronzeuge gegen diesen Dr. Bright auszusagen. In der Zwischenzeit würde er wieder seinen richtigen Pass über die Österreichische Botschaft erhalten. Als Carlo sich von Michael verabschiedete sagte dieser: „Danke, ich habe mich inzwischen bei Marisa zurückgemeldet. Sie will nichts mehr mit mir zu tun haben. Wenn du sie triffst, sag ihr bitte, es tut mir leid."

Carlo buchte die nächste Maschine nach New York. Er wollte so rasch als möglich seine Mission wegen der Carausius Münzen zu Ende bringen. Am Flughafen rief er Marisa an:

„Wie geht es dir? Wie hast du die Auferstehung deines Freundes verkraftet?"

„Inzwischen habe ich mich schon beruhigt. Eigenartig, wie man einen Fremden einmal zu lieben glaubte."

„Ja, ich kenne das. Meine Liebe ich melde mich wieder in New York wenn ich das Geschäft für dich mit den Goldmanns erledigt habe." Am nächsten Tag war er wieder zu einem offiziellen Dinner bei den Goldmanns geladen, um die restlichen Münzen zu übergeben und die Überweisung an Marisa in die Wege zu leiten. Der Scheck für John Denver war gesperrt worden.

Kapitel 19

New York Rückkehr der Carausius

Dr. Karl Berger wurde von der Familie Goldmann wie ein liebenswerter

Verwandter begrüßt. Ihm war es gelungen, den wichtigsten Besitz und Erbe der Ahnen, die Carausius Münzen wieder zu vervollständigen. Diese Münzen stellten für die Dynastie über die Jahrhunderte so etwas wie ein religiöses Symbol dar. Nur die vollständige Sammlung brachte Glück und Wohlstand über die Familie. Die Mischpoke war vollständig am opulent gedeckten Speisetisch versammelt. Isaac das Oberhaupt, seine Gattin Sarah, deren Sohn Jakob mit seiner Judith und dem gelangweilten Halbwüchsigen Simon. Die Übergabe der Carausius wurde wie ein Fest gefeiert. Ausnahmsweise benahm sich auch Sarah ihrem Gatten gegenüber äußerst liebenswürdig. „Ach, mein Liebster, gönne dir doch noch eine größere Portion deiner Lieblingsspeise, anschließend schluckst du eben deine Wunderpille, sodass dein Körper alles leichter verdaut." Die ausladende Gestalt der Madame glänzte im bunten Designerkleid. Judith nahm sich wie üblich zwei Blatt Salat, das sie mit einer Zeremonie zerteilte und im Zeitlupentempo genoss. Man hatte sich

daran gewöhnt und forderte sie nicht
mehr auf, normal zu essen. Carlo
genoss die edlen Speisen, vor allem
weil nun alles zu einem guten Ende
gefunden hatte. Er berichtete jetzt
von der schicksalshaften Begegnung mit
seiner Freundin Marisa und deren
Geschichte. Dass er zufällig diese
Enkelin der Retter der Goldmanns
kannte, konnte man nur als höhere
Vorsehung ansehen. Isaac war ganz
gerührt und sagte: „Es tut mir leid,
dass Vater das nicht mehr erleben
durfte. Aber ich werde wie es unsere
Ahnen vereinbart hatten, diese Münzen
zu einem fairen Preis zurück kaufen.
Marisa musste ihre persönlichen Daten
bekannt geben. Wir haben auch
Bankgeschäfte in Europa. Sie wird ein
Sparbuch in der Höhe von einer halben
Million Dollar erhalten. Diese Münzen
sind jahrhundertelang in unserem
Familienbesitz gewesen. Ich sehe nicht
ein, dass für diese Transaktion und
Rückführung der Staat seine Finger im
Spiel haben sollte." Nach dem Dinner
zogen sich die Damen zurück und die
Herren tranken noch im Salon einen
edlen Whiskey zum Abschluss. Carlo

wurde noch eine Einladung für Marisa
mitgegeben, falls sie nach New York
käme, wäre sie bei den Goldmanns ein
Ehrengast. Er würde gerne die Enkelin
dieser mutigen Familie kennen lernen.
Die hatten damals ihr Leben aufs Spiel
gesetzt und Samuel mit Frau das
Fluchtgeld beschafft, ohne eine
Gegenleistung zu erwarten. Dass sie
als Pfand einen wertvollen Schatz
erhalten würden, erfuhren sie erst
viel später.

Marisa wartete voll Ungeduld auf ihren
Carlo. Dieser hatte seinen Besuch
angekündigt und sie wollte diesmal mit
ihm zu ihrer Mutter fahren. Ihre
Beziehung war, obwohl sie so weit
voneinander lebten, immer inniger
geworden. Endlich läutete ihre
Türglocke und er stand vor ihr. Das
erste was beide taten, ohne ein Wort
zu sprechen, sie umarmten und küssten
sich. Die leidenschaftliche
Vereinigung der Liebenden folgte im

Schlafzimmer. Glücklich lagen beide
eng umschlungen und wollten sich nicht
freigegeben. Bis Marisa sagte: „Ich
habe bei meiner Mutter unseren Besuch
angekündigt, wir wollen sie nicht zu
lange warten lassen." Nach rascher
Dusche und Anziehen waren beide
startbereit. Zuvor überreichte Carlo
seiner Marisa noch das wertvolle
Sparbuch. Sie dürfte jederzeit über
diesen Betrag verfügen, konnte es gar
nicht glauben, als sie diese vielen
Nullen las.

„Es ist schon eigenartig, jetzt wo ich
über so viel Geld verfügen könnte,
wüsste ich gar nicht was ich damit
anfange. Eine größere Wohnung brauche
ich nicht. Ja, man will immer das was
man nicht erreichen kann."

„Könntest du dir vorstellen, mit mir
gemeinsam was aufzubauen? Du könntest
etwas, was du dir immer erträumt hast,
mit der Natur zu leben, auch
tatsächlich umsetzen. Ich habe damals
als wir nach unserem schönen Urlaub
bei meinem Bruder zu Gast waren, einen
Tipp von ihm erhalten. Ein Anwesen in
seiner Nähe wäre zum Verkauf

ausgeschrieben. Man müsste zwar viel investieren, aber mich hat auch die Sehnsucht nach der Heimat wieder gepackt. Ich werde meine Wohnung in New York verkaufen und wieder in die Steiermark ziehen und Bio-Landwirt werden. Nicht nur wegen des Heimwehs, sondern auch weil ich mit dir zusammen leben will. Auch du liebst die Natur und wir haben so viel Gemeinsames. Willst du meine Frau werden? Ich wünsche mir nichts sehnlicher als ein Leben mit dir und vielen Kindern."

Träumte Marisa, oder erhielt sie einen Heiratsantrag? Sie hätte nie gedacht, dass Carlo der Stadt den Rücken kehren würde. Sie freute sich auf die Zukunft mit ihrem Carlo. Zunächst würde das bei Mama gefeiert und morgen mit ihrer Freundin Roswitha.

Tucson

Michael hatte Glück gehabt, dass Carlo ihm einen Spitzenanwalt vermittelt hatte. Marisa verspürte kein Interesse, ihn wegen des Diebstals der Münzen zu belangen. Für sie war es ein gutes Geschäft gewesen. Die zwanghafte

Beschäftigung im Namenlos ohne
Bezahlung und Schmerzensgeld wurde vom
Anwalt für ihn eingefordert. Der
Anwalt verschwieg wohlweislich die
Raubkopien von Michael. So hoffte er,
doch zu einem Startkapital zu kommen.
Als Lily in Kalifornien einen
Konzertauftritt hatte, trafen sie sich
für einen Tag. Er erzählte ihr von
seinem Plan eine Agentur zu eröffnen
und sie auf ihre Tournee zu begleiten.
Das wäre auch technisch besser
umsetzbar, wenn sie in Europa
Auftritte hätte. Kurze Aufenthalte in
den Staaten könnte er immer mit einem
Touristen-Visum vereinbaren. Sie war
begeistert von diesem Vorschlag. Beim
Packen seiner Reisetasche fiel ihm
wieder eine Spielkarte entgegen, der
Herzkönig. Er hatte seinen Glanz
verloren.